Goosebumps®

Goosebumps®

Goosebumps®

雞皮疙瘩 10

萬聖夜驚魂

Attack of The Jack-O'-Lanterns

R.L. 史坦恩（R.L.STINE）◎著

柯清心◎譯

致台灣讀者

讀者們，請小心……

我是R．L．史坦恩，歡迎到「雞皮疙瘩」的可怕世界裡來。

你是否曾在深夜裡聽到過奇怪的嚎叫？你是否曾在黑暗中聽到腳步聲──卻根本看不到人？你是否見過神祕可怖的陰影，幽幽暗處有眼睛在窺視著你，或者身後有聲音叫你的名字？

如果是這樣，你應該了解那種奇特的發麻的感覺──那種給你一身雞皮疙瘩、被嚇呆的感覺。

在這些書裡，幽靈在閣樓上竊竊低語；膽顫心驚的孩子忽而隱形；稻草人活了，在田野裡走來走去；木偶和布娃娃也有生命，到處嚇人。

當然，這些都是磨礪心志的好玩的嚇人事。我希望你們感到害怕，同時也希望你們大笑。這都是想像出來的故事。當然，最可怕的地方在你們自己心裡。

過個害怕的一天吧！

R L Stine

出版緣起

人生從奇幻冒險開始

何飛鵬
城邦媒體集團首席執行長

我的八到十二歲是在《三劍客》、《基度山恩仇記》、《乞丐王子》中度過的。可是現在的小孩有更新奇的玩具、電玩、漫畫，以及迪士尼樂園等。

八到十二歲，正是孩子從字數極少、以圖畫爲主的繪本閱讀，跨越到漸漸以文字閱讀爲主的時期。也正是訓練孩子從圖像式思考，轉變成文字思考的重要階段。在這個階段，養成長期的文字閱讀習慣，能培養孩子敘事、分析、推理的邏輯思辨能力，奠定良好的寫作實力與數理學力基礎。

然而，現在的父母擔心，大環境造成了習於圖像、不擅思考、討厭文字的一代。什麼力量能讓孩子重回閱讀的懷抱呢？

全球銷售三億五千萬冊的「雞皮疙瘩」，正是爲了滿足此一年齡層的孩子的需求而誕生的！

無論是校園怪奇傳說、墓地探險、鬼屋驚魂，或是與木乃伊、外星人、幽靈、吸血鬼、殭屍、怪物、精靈、傀儡相遇過招，這些孩子們的腦袋裡經常出現的角色或想像，經由作者的生花妙筆，營造出一個個讓孩子們縱橫馳騁的魔幻時空、光怪陸離的神奇異界，經歷各種危急險難，最終卻又能安全地化險爲夷。這樣的冒險犯難，無論男孩女孩，無不拍案稱奇、心怡神醉！

本系列作品被譯爲三十二種語言版本，並在全球數十個國家出版，創下了出版史上多項的輝煌紀錄，廣受世界各地孩子的喜愛。作者史坦恩表示，這套作品之所以成功，是因爲多年的兒童雜誌編輯工作，讓他對兒童心理和兒童閱讀需求有了深刻理解——他知道什麼能逗兒童發笑，什麼能使他們戰慄。

我們誠摯地希望臺灣的孩子也能和世界上其他的孩子一樣，有更豐富多元的閱讀選擇。更希望藉由這套融合驚險恐怖與滑稽幽默於一爐，情節緊湊又緊張的「雞皮疙瘩系列叢書」，重拾八到十二歲孩子的閱讀興趣，從而建立他們的閱讀習慣，擁有一個快樂學習的童年。

現在，我們一起繫好安全帶，放膽體驗前所未有的驚異奇航吧！

專文推薦

戰慄娛人的鬼故事

國立臺北教育大學語文與創作系兒童文學教授　廖卓成

這套書很適合愛看鬼故事的讀者。

文學的趣味不止一端，莞爾會心是趣味，熱鬧誇張是趣味，刺激驚悚也是趣味。有人擔心鬼故事助長迷信，其實古典小說中，也有志怪小說一類，《聊齋誌異》就有不少鬼故事。何況，這套書的作者開宗明義的說：「這都是想像出來的故事」，不必當眞。

既然恐怖電影可以看，看鬼故事似乎也無妨；考試的書讀久了，偶爾調劑一下，對頭腦卻是有益。當然，如果看鬼片會連續失眠，妨害日常生活，那就不宜勉強了。

雋永的文學作品，應該有深刻的內涵；但不少兒童文學作品說教有餘，趣味不足。只要有趣味，而且不是害人爲樂的惡趣，就是好的作品。鮑姆（Baum）在《綠野仙蹤》的序言裡，挑明了他寫書就是爲了娛樂讀者。

倒是內行的讀者，不妨考校一下自己的功力，留意這套書的敘事技巧，由主角「我」來講故事，有甚麼效果？書中衝突的設計與化解，是否意想不到又合情合理？能不能有不同的設計？會不會更好？這是另一種引人入勝之處。

導讀

結局只是另一場驚嚇的開始

耿一偉
臺北藝術節藝術總監
臺北藝術大學戲劇系兼任助理教授

不知道大家還記不記得，小時候玩遊戲，比如捉迷藏等，都會有一個人要當鬼。鬼在這個遊戲中很重要，沒有鬼來捉人，遊戲就不好玩。這些遊戲的關鍵特色，不是人要去消滅鬼，而是要去享受人被鬼追的刺激樂趣。所以當鬼捉到人後，不是遊戲就結束，而是下一個人要去當鬼。於是，當鬼反而是件苦差事，因為捉人沒有樂趣，恨不得趕快找人來替代。所以遊戲不能沒有鬼，不然這個遊戲就不好玩了。

在史坦恩的「雞皮疙瘩系列」中，這些鬼所扮演的角色也是類似遊戲中的鬼，給我帶來閱讀與想像的刺激。各位讀者如果留意一下，會發現在他的小說中，都有一個類似的現象，就是結局往往不是一個對抗式的終局，一種善惡誓不兩立，以消滅魔鬼為最終目標的故事——這比較是屬於成人恐怖片的模式，不是你死，就是人類全部變殭屍。但「雞皮疙瘩系列」中，你的雞皮疙瘩起來了，可是結尾的時候，鬼並不是死了，而是類似遊戲一樣，這些鬼換了另一種角色，而且有下一場遊戲又要繼續開始的感覺。

礙於閱讀的樂趣，我無法在此對故事結局說太多，但各位看完小說時，可以再回想我在這裡說的，就知道，「雞皮疙瘩系列」跟遊戲之間，的確有類似性。換另一個角度來看，這些主角大多為青少年，他們在生活中碰到的問題，如搬家面對新環境、男生女生的尷尬期、霸凌、友誼等，都在故事過程一一碰觸。

「雞皮疙瘩系列」令人愛不釋手的原因，也在於表面上好像主角是鬼，但讀到一半，你會感覺到，故事的重點不知不覺地從這些鬼怪轉移到那些被追的青少年身上，鬼可不可怕不是重點，重點是被追的過程中，一些青少年生活中的苦悶，也被突顯放大，甚至在故事中被解決了。所以你會在某種程度感受到，這本書的內容是在講你，在講你的生活，在講你的世界，鬼的出現，只是把這些青春期的事件給激化了。

另一個有趣的現象，是從日常生活轉入魔幻世界的關鍵點，往往發生在父母不在身邊，然後主角闖入不熟識空間的時候——比如《魔血》是主角暫住到姑婆家、《吸血鬼的鬼氣》是闖入地下室的祕道、《我的新家是鬼屋》是新家的詭異房間……等等。

因爲誤闖這些空間，奇怪的靈異事件開始打斷平凡無趣的日常軌道，一段冒險展開了，一場你追我跑的遊戲開始進行，而父母們往往對此毫無所悉，不知道自己的兒女在故事結束時，已經有所變化，變得更負責任，更勇敢。

「雞皮疙瘩系列」的意義，也在這個地方。在平凡無奇充滿壓力的青春期校園生活中，有那麼多不快樂、有那麼多鬼怪現象在生活中困擾著我們，但這無法跟家長說，因爲他們不能理解，他們看不到我們看到的。但透過閱讀，透過想像力所引發的鬼捉人遊戲，這些不滿被發洩，這些被學校所壓抑的精力被釋放了。

幸好有這些鬼怪的陪伴，日子不再那麼無聊，世界可以靠自己的力量改變。

終究，在青少年的世界裡，鬼怪並不是那麼可怕，在史坦恩的小說中，也往往會有主角最後拯救了這些鬼怪的情形，彷彿他們不是惡鬼，而比較像誤闖人類世界的外星人……這也是青少年的焦慮，他們正準備降臨成人世界，這件事讓他們起了雞皮疙瘩！！

這句英文怎麼說

你要去哪兒，小精靈？
Where are you going, Elf?

1.

「妳要去哪兒，小精靈？」老爸從房裡喊道。

「別叫我小精靈啦！」我吼回去，「我叫杜兒。」

老爸覺得喊我小精靈超可愛的，可是我卻恨透了。他會叫我小精靈，是因爲我是個十分嬌小的十二歲女生，而且又有一頭黑色短直的頭髮，下巴跟鼻子都是尖尖的。

如果你長得像個小精靈，你會希望別人這麼喊你嗎？

當然不會囉。

有一天我的死黨華克．派克斯聽到我爸喊我小精靈，也就跟著這樣叫：「妳在做什麼，小精靈？」

我狠狠踩了華克一腳，他就再也不敢那樣叫我了。

「妳要去哪兒，杜兒？」爸從房裡問道。

「出去啦。」我告訴他，然後甩上前門。我喜歡讓爸媽去猜，總是不肯直接回答他們。

也許你會說我跟小精靈一樣的頑皮，不過如果你敢這麼說，我也會踩扁你的！

我很凶悍唷，隨便找個人問，他們都會告訴你，杜兒·柏克曼很「恰」。身爲班上最嬌小的女生，你能不凶一點嗎？

其實我哪都不去，我在等我的朋友到家裡來。我沿著街走去找他們。

街角那戶人家的壁爐已經生起火來了。我深吸一口氣，白色的煙從他們家的煙囪飄出來，散發著松樹的清香芳甜。

我喜歡秋天，這表示萬聖節就要到了。

萬聖節是我最愛的節日，我想我會這麼喜歡萬聖節，是因爲可以有機會扮成別人或別種東西吧。

這句英文怎麼說

也許你會說我跟小精靈一樣的頑皮。
You might say I'm as mischievous as an elf.

每年的這個晚上，我都可以盡情的擺脫嬌小的形象。

不過萬聖節有一點討厭，那就是我們班的兩個同學——黛比．魏斯和李爾．溫斯頓。

華克和我過去兩年的萬聖節，全給黛比和李爾這兩個傢伙給毀了。

我氣壞了，華克也是。我們最喜歡的節日，竟被兩個任性自大，爲所欲爲的討厭鬼給毀了。

哼！

一想到這裡，我就很想扁人！

我其他的朋友，尚恩和莎娜．馬汀也都很氣。尚恩和莎娜是跟我同年的雙胞胎，他們就住隔壁，大家常玩在一起。

尚恩和莎娜長得跟我所認識的人很不一樣，他們兩個都有一張圓臉和一頭極卷的金髮。這對臉頰紅潤，笑容可人的兄妹，都長得很矮，甚至是有點矮胖呢。

我爸就說他們很肥短，他對每個人都可以想出令人討厭的綽號！

反正啊，雙胞胎、華克跟我，都很氣黛比和李爾。今年萬聖節，我們一定得想辦法做點什麼。

只是我們還不知道要做什麼。

所以他們才會來我家討論。

和黛比、李爾的樑子到底是什麼時候結下的？唉，這得倒回兩年前才能解釋清楚。

我記得非常清楚。

華克和我當時十歲，我們在我家前面閒晃。華克帶著他的腳踏車，正在耍弄扶把和單輪。

那是個晴朗的秋日，街口有人在燒一大落葉子，燒葉子在河谷區是違法的。我爸看到有人燒葉子，總會威脅說要報警。可是我卻很喜歡那氣味。

華克在玩腳踏車，我則在一旁觀看。我忘了我們在聊什麼了，總之我抬眼一瞄，看到黛比和李爾站在那兒。

黛比跟平常一樣的一絲不苟。「完美小姐」——爸是這麼叫她的——而且爸還說得真對。

這句英文怎麼說

我忘了我們在聊什麼了。
I forget what we were talking about.

即使風颳得再強，黛比那頭又長又直的金髮還是一絲不亂，不會像我的一樣在頭上亂飛。

黛比白皙的皮膚有若凝脂，無可挑剔的綠色眼睛晶亮無比。她很漂亮，而且也很清楚自己的美。

有時我得用盡全力，才能按捺住自己，不去把她的頭髮弄亂！

李爾是個高大帥氣的男生，有對黑色的眼睛，和燦爛溫暖的笑容。李爾是個非洲裔黑人，走路時喜歡大搖大擺的裝酷，就像ＭＴＶ裡的那些饒舌歌手一樣。全校的女生都覺得李爾很酷，不過他說的話我一個字也聽不懂，因爲他嘴裡老是嚼著一大塊青蘋果泡泡糖。

「嗯……嗯。」李爾看著華克的自行車，咕噥的說了些什麼。

「喂，你們在做什麼？」我說。

黛比用手指著我，一臉噁心的表情問道：「杜兒，妳鼻子上掛的是什麼東西？」

「噢……！」我抬起手揉揉鼻子下邊，沒東西嘛。

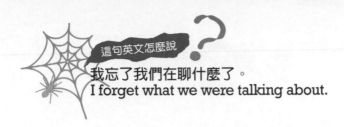

「對不起，」黛比竊笑道，「只是看起來好像有東西。」

黛比和李爾一起大笑了起來。

黛比總是對我開這種惡劣的玩笑，她知道我很在意自己的外表，所以我老會上她的當。

「這自行車不賴嘛！」李爾低聲問華克，「有幾段變速？」

「十二段。」華克告訴他。

李爾不屑的嘲笑道：「我的有四十二段變速。」

「呃？」華克跳起來，叫道：「哪有四十二段變速的！」

「我的就有。」李爾堅持說，語氣還是很不屑，「是特製的。」

他吹了一個綠色的大泡泡。要一邊嘲笑一邊吹泡泡還滿難的。

我眞想把泡泡戳破，黏得他滿頭滿臉都是。不過李爾往後站開，自己把泡泡弄破了。

「妳是不是剪頭髮啦？」黛比打量著我一頭飛散的頭髮問。

「沒有。」我回答。

這句英文怎麼說

有幾段變速？
How many speeds?

「我想也是。」她說。黛比用手將她那頭無可挑剔的頭髮往後整平。

「哼。」我忍不住雙手握拳，憤怒的低吼一聲。

我常怒吼，有時甚至沒意識到自己在吼叫。

「嗯……嗯……」李爾嘴裡嘀嘀咕咕的，泡泡糖汁都流到他下巴上了。

「你說什麼？」我問。

「我要舉辦一個萬聖節派對。」他重說一遍。

我的心臟開始狂跳，「一個眞正的萬聖節派對嗎？」我問，「大家都要化妝，還有熱蘋果汁、各種遊戲，以及鬼故事的那種派對嗎？」

李爾點點頭，「是的，一個道道地地的萬聖節派對。萬聖節當晚在我家舉行，你們兩個想來嗎？」

「想啊！」華克和我答道。

我們眞是大錯特錯，而且錯得太——離譜了。

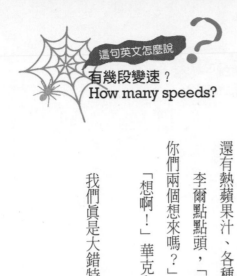

2.

華克和我到達時，萬聖節派對早就已經擠滿學校的同學了。李爾的爸媽在客廳裡掛滿了橘色和黑色的彩帶，三顆巨大的南瓜燈擺在窗台上，齜牙咧嘴的衝著我們笑。

當然啦，首先看到的就是黛比。即使做了裝扮，她還是不難被認出來。她把自己打扮成公主。

很完美吧？

黛比穿了件鑲著褶邊的粉紅色公主裝，有著蓬蓬的長袖，和滾著花邊的高領子。她還用一種亮晶晶的水晶冠飾，把她的金髮夾起來。

黛比用塗著唇膏的嘴對我笑著說：「是妳嗎，杜兒？」她假裝沒認出我似的

這句英文怎麼說

即使做了裝扮，她還是不難被認出來。
Even in costume, she wasn't hard to recognize.

問，「妳扮成什麼呀？老鼠嗎？」

「才不是！」我抗議道，「我不是老鼠，是克林貢人（註）啦，妳沒看過《星艦迷航記》嗎？」

黛比嘲笑說：「妳確定妳不是扮老鼠嗎？」她轉身走開，臉上還掛著愉快的笑容。侮辱我總是令黛比非常開心。

我咬牙低吼，一邊想找個人講講話。我發現尚恩和莎娜站在壁爐前。這對雙胞胎很容易認，今晚他們兩人都扮成白白胖胖的雪人。

「這服裝好棒啊！」我跟他們打招呼說。

他們的身上妝扮著兩個雪球，大的是身體部分，小的當成頭。雪人的臉上挖出了眼洞，可是我分不出誰是尚恩，誰是莎娜，「這雪是用什麼做的？」我問。

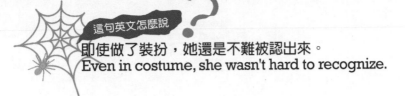

「保麗龍，」莎娜回答。她的聲音又高又尖，因此現在我知道哪一個雪人是莎娜了。「我們是從一大塊保麗龍上挖下來的。」

「帥耶。」我說。

「這派對很棒吧？」尚恩插話說，「我們班每個人都來了，妳有沒有看到布娜．莫爾斯的服裝？她用銀色噴漆噴滿全身耶，連臉和頭髮都是！」

「她到底扮成什麼？」我邊問邊在擁擠的房間裡找尋她，「銀色的衝浪員嗎？」

「不是啦，我想是自由女神吧。」尚恩回答，「她還拿了一個塑膠火炬。」

我被壁爐傳來的啪啪巨響嚇得跳起來。大部分的燈都關上了，房裡變得暗暗的，充滿了萬聖節的氣氛。

火苗的影子在地板上拖出躍動的長影。

我轉身看到華克朝我們走過來，他全身纏著紗布繃帶，扮成了木乃伊。

「我慘了。」他說。

「怎麼回事？」尚恩問。

「我媽媽的包紮技術太爛了，」華克抱怨道，「我身上的繃帶都快鬆了。」

他掙扎著把鬆開的繃帶重新纏回脖子上。

「唉呀！」他忿忿的大叫了一聲，「所有的繃帶都鬆了啦！」

「你裡面有沒有穿衣服啊？」莎娜問。

這句英文怎麼說

她到底扮成什麼？
What's she supposed to be?

尚恩和我哈哈大笑，我在心裡想像華克穿著內衣褲，縮在一屋子人中間，腳下掉了一堆繃帶的糗樣。

「有啦，我裡面有穿衣服啦。」華克回答，「不過萬一這些繃帶全鬆了，我的臉就丟大了！」

「喂……你們在做什麼？」李爾插嘴道。他穿著蝙蝠俠的服裝，不過我從面具後的那雙眼睛認出他來，而且也聽出了他的聲音。

「這派對好酷。」莎娜說。

「是啊，很酷。」我重複道。

李爾正想回答，卻聽見一聲巨大的碎裂聲，每個人都驚叫了起來。

我們全都僵在原地，「怎麼回事？」李爾大聲問。

擠滿了人群的房間頓時一片沉靜。

我聽見另一聲碎裂聲，還有撞擊及低沉的聲音。

「是……是從地下室發出來的！」李爾結結巴巴的說。他摘下蝙蝠俠面具，鬆亂的頭髮垂在臉上，但我可以看到他恐懼的神情。

我們全都轉身看著客廳另一頭打開的那扇門，門後的樓梯通往李爾家的地下室。

「噢——！」聽到另一聲巨響時，李爾倒抽了一口氣。

接著是沉重的腳步聲——就踏在地下室的階梯上。

「屋子裡有人！」李爾驚恐的尖叫道，「有人闖進屋子裡來了！」

註：Klingon 克林貢人，美國影集《星艦迷航記》（Star Trek，另譯為《銀河飛龍》）中一個其貌不揚的外星種族；克林貢人是早期星艦系列中的主要反派。

這句英文怎麼說

打電話報警啊！
Call the police!

3.

「媽！爸！」李爾大聲叫著，他的聲音劃過靜謐的客廳，其他人全僵在原地。

聽到沉重的腳步聲走上樓時，我的背脊一陣發涼。

「媽！爸！救命啊！」李爾再次喊著，眼裡盡是恐懼。

沒人回答。

他朝房子後邊的主臥房走去。「爸？媽？」

我開始跟在他身後跑，可是幾秒鐘後，李爾又折回到客廳，他整個身體都在發抖。

「我爸媽……我爸媽不見了！」

「打電話報警啊！」有人大叫。

「是啊，打一一九吧！」華克尖聲說。

李爾衝到沙發旁的電話，腳還踢翻了一罐擺在地毯上的百事可樂，不過他沒注意到。

李爾抓起聽筒貼在耳朵上，我看到他按下緊急電話號碼，可是接著他轉身看著我們，任由電話從手上掉落。

「沒聲音，電話線沒聲音了！」

某些同學發出驚叫，有幾個還哭出聲來。

我轉身看著華克，想說點什麼話，可是就在我出聲之前，兩個巨大的身影便從地下室門口跳了出來。

「不！」李爾發出一聲驚恐的哀號。黛比走上來擠在他身邊，塗著濃妝的眼睛恐懼的瞪著，並抓住李爾的臂膀。

兩名入侵者很快來到了客廳入口，並擋在門口。其中一人用藍色的羊毛滑雪面罩覆住臉部，另一個戴了一副橡皮製的猩猩面具。

兩人都穿著黑色的皮夾克和黑色牛仔褲。

這句英文怎麼說

我想他們一看到我們來，就逃走了！
I think they ran away when they saw us coming!

「狂歡時刻到了！」大猩猩粗聲吼道。他仰頭大笑，聽來十分殘酷。「大家一起來狂歡啊！」

幾個同學哭了出來。

我的心開始在胸口狂跳，整個人覺得忽冷忽熱。

「你是誰？」李爾大聲問道，聲音蓋過了其他人的哭聲。「你是怎麼進來的？我爸媽呢？」

「爸媽？」戴滑雪面罩的人回答。他有對湛藍色的眼睛，幾乎跟他臉上戴的面罩一樣藍。「你有父母嗎？」

兩個人放聲大笑。

「我爸媽在哪兒？」李爾大聲問。

「我想他們一看到我們來，就逃走了！」男人在滑雪面罩後說。

李爾用力的嚥著口水，喉頭發出了小小的吞嚥聲。

黛比走到李爾的前面。「你們不能進來這裡！」她忿忿的對兩個入侵者吼道，「我們正在開派對！」

大猩猩轉頭看看他的夥伴，接著大笑了起來。然後兩個人都仰頭大聲的笑著。

「現在變成我們的派對啦！」大猩猩宣稱。「換我們接手了！」

眾人紛紛發出驚叫聲，我的腿突然變得又軟又沒力。我抓住華克的肩膀，以免跌到地上。

「你……你們想做什麼？」黛比問。

這句英文怎麼說

你要搶我們嗎？
Are you going to rob us?

4.

「所有人都給我趴下！」戴滑雪面罩的人命令著。

「你不能這樣！」黛比尖聲叫道。

「我們只是一群小孩子！」有人喊道。「你要搶我們嗎？我們又沒錢！」

我看到尚恩和莎娜在壁爐邊抱成一團。兩人的臉雖被雪人裝遮住了，但我知道他們一定也非常害怕。

「趴到地上！」兩名入侵者高聲喊著。

當大夥兒全乖乖趴到地上時，各種服裝也跟著在地上發出沉重的撞擊聲和沙沙聲。

「你也是！」大猩猩對著尚恩和莎娜吼道。

「不可能啊！我身上穿著這麼大個雪球怎麼趴得下去？」莎娜回答。

「反正趴下去就對了。」大猩猩凶惡的喝令著。

「趴下——要不然我們就來硬的。」戴滑雪面罩的傢伙威脅的說。

我看著尚恩和莎娜掙扎著趴到地上，他們得把下面的雪球褪到膝蓋上；莎娜在試著脫掉雪球的途中，還把雪球弄破了。

「好——做伏地挺身，每個人都做！」大猩猩命令道。

「呃？」一屋子的人不解的叫著。

「伏地挺身！」大猩猩又說了一次，「你們全都知道伏地挺身怎麼做吧？」

「我們……我們得做幾下？」華克問。

他就跪在我身邊，在茶几前的地毯上。

「兩個小時。」戴滑雪面罩的傢伙答道。

「什麼？要做幾小時？」有幾個小孩大叫。

「練幾小時的伏地挺身，你們就都暖啦。」大猩猩說，「然後我們再想點更難的讓你們做！」

這句英文怎麼說

你們全都知道伏地挺身怎麼做吧？
You all know how to do push-ups?

「對。難很多的！」他的同伴補充道。接著兩個人又是一陣狂笑。

「你們不能這樣啊！」我尖叫著說，聲音變得又高又細，像隻老鼠一樣。

其他小孩也群起抗議。

我轉頭看著門，戴滑雪面罩的傢伙已經走到客廳了，但大猩猩還是阻去了任何可以逃生的路。

「快做！」大猩猩命令著。

「否則就讓你們做三個小時！」他的同伴說。

我聽到一大堆呻吟和抱怨聲，大家全趴在地上，做起了伏地挺身。

我們有得選擇嗎？

「我們沒辦法做兩個小時啊！」華克氣喘吁吁的抗議，「我們會昏倒的！」

他在我身邊一上一下、一上一下的做著。每做一下，他的木乃伊裝就多鬆脫了一些。

「做快一點！」大猩猩命令說，「快啊，做快點！」

我才做了四、五個伏地挺身，手臂就已經開始痛了。我除了騎騎腳踏車，夏天游游泳外，是不太運動的。

我絕對撐不了十或十五分鐘的。

我抬起頭看著房門口。

看到的景象令我震驚的大叫出聲。

這句英文怎麼說

他一時失去平衡，摔到地上去了。
He lost his balance and hit the floor.

5.

「華克……你看！」我低聲說。

「呃？」他呻吟了起來。

我戳他一下。

他一時失去平衡，摔到地上去了。「喂，杜兒……！妳有病啊！」他哀叫道。

我們兩個都將目光望向門口。

接著我們驚訝的發現，黛比和李爾並沒有跟其他人一樣趴在地上。他們跟兩名入侵者一起站到門口去了。

而且兩個人都咧著嘴，露出愉快的笑容。

我停止做伏地挺身，在膝蓋上跪直，我看到李爾開始放聲大笑。

黛比也跟著笑了，她笑得太厲害，連頭飾都晃了起來。兩人還互相擊掌叫好。有些同學還在我身邊的地板上拚命上上下下的做著伏地挺身，他們一邊咬牙苦叫，一邊乖乖的做著。

可是華克和我已經停下來了，我們都跪在地上，看著黛比和李爾。這兩個可惡的傢伙竟放肆的大笑狂歡。

我正想開口罵人時——兩名入侵者摘下了面罩。

我立刻認出戴猩猩面具的男孩，他叫泰德·傑佛瑞，是住在李爾隔壁家的高中生。

我也認識那個戴滑雪面罩的人，他叫喬伊什麼的，是泰德的朋友。

泰德將額前銅色的頭髮撥到後面，他的頭髮都溼了，臉色發紅，正冒著汗。我想戴橡皮面具一定熱死了。

喬伊把滑雪面罩丟到地上，搖搖頭，嘲笑我們說：「開玩笑的啦，各位！」他大喊，「萬聖節快樂！」

所有其他的孩子都停止做伏地挺身了，可是沒人從地板上起來，我想大家是

這句英文怎麼說

萬聖節快樂！
Happy Halloween!

嚇到忘了站起來吧。

「只是派對上的小玩笑嘛！」李爾咧嘴笑說。

「我們有沒有嚇到你們呀？」黛比小聲問道。

「啊呀！」我發出史上最巨大的一聲怒吼。我真想跳起來，把黛比公主頭上的髮冠扯下來，纏到她脖子上。

泰德和喬伊互相擊掌慶祝，並拿起百事可樂，大口喝了起來。

「你們現在可以起來啦！」李爾竊笑著宣佈。

「哇！你們看起來真的嚇壞了！」黛比開心的叫道，「我們真的把你們唬住了！」

「簡直無法置信。」華克搖頭嘀咕著。紗布已經從他臉上鬆落了，鬆垮垮的掛在他的肩膀上。「我真不敢相信竟然會有這種事，這種玩笑太惡劣了。」

我搖搖晃晃的站起來，然後去扶華克。我聽見尚恩和莎娜在我們後面掙扎，他們的服裝全毀了。

眾人嘟嘟囔囔的抱怨著，只有黛比和李爾開心的大笑。沒有人覺得這個惡作

劇有一丁點的好笑。

我走過房間，去跟那群可惡的傢伙表達自己的不滿，可是李爾的父母卻衝進房裡，脫掉身上的外套了。

「我們去了隔壁的傑佛瑞家，」李爾的母親說道，接著她看到泰德，「噢，嗨！泰德，我們剛才去過你家看你爸媽呢。你在這裡做什麼？幫李爾辦派對嗎？」

「差不多。」泰德笑著回答。

「派對還好玩嗎？」李爾的父親問。

「很好玩！」李爾告訴他，「棒得很，老爸。」

兩年前，黛比和李爾就是這樣搞砸萬聖節的。

華克和我——還有尙恩及莎娜——全都氣瘋了。

不，我們不是氣瘋了，是氣到吐血。

萬聖節是我們最愛的節日啊，我們不希望像這樣被一個惡作劇破壞掉。

因此，去年我們幾個便決定復仇。

這句英文怎麼說

萬聖節是我們最愛的節日。
Halloween is our favorite holiday.

6.

「我們需要特殊的裝飾，」莎娜說，「不能用老套的南瓜、骷髏那一套。」

「對，要弄點更恐怖的才行。」尚恩附議。

「我覺得南瓜燈挺恐怖的呀。」我堅持的說。「尤其在裡面擺上蠟燭後，黑黑的臉上露出邪惡詭異的笑容，超恐怖的。」

「南瓜燈太幼稚了。」華克抗議，「誰會怕南瓜燈，莎娜說的沒錯，如果我們想嚇黛比和李爾，就得更駭人一點。」

萬聖節前的一個星期，我們四個人在我家拚命的趕工，好安排我的萬聖節派對。

是的，去年的萬聖節派對在我家舉行。

我爲什麼決定要開派對？原因只有一個。

爲了報仇。

爲了報復黛比和李爾。

華克、尚恩、莎娜和我一整年來都在談這件事，擬訂各種計畫，幻想種種能想到的、最可怕的報復。

我們並不想開歹徒闖進家中這一類惡劣的玩笑。

那太過分，也太恐怖了。

我有些朋友到現在還會做惡夢，夢見戴著滑雪面罩和猩猩面具的歹徒呢。

我們四個不想嚇到所有的客人，我們只想讓黛比和李爾出糗而已——而且讓他們嚇到屁滾尿流！

現在，在大日子來臨前的一個禮拜，我們一群人吃完晚飯後，便坐在我家客廳裡。我們其實應該去寫功課的，可是萬聖節就快到了，我們哪還有時間去管功課，當然是把時間全拿來討論復仇計畫。

尚恩和莎娜有許多嚇人的點子，他們兩個看起來一臉天眞可愛，可是你要眞

這句英文怎麼說

越簡單，就越恐怖。
The simpler, the scarier.

的認識他們後，就會發現他們其實是對怪胎。

華克和我想儘量弄得簡單些，我們的想法是，越簡單，就越恐怖。

我想從樓梯上把假的蜘蛛網放到黛比和李爾身上，我知道有間店在賣很黏、很噁心的蜘蛛網。

華克房間裡有個玻璃箱，裡頭養了一隻狼蛛（註），一隻活生生的狼蛛。華克覺得也許我們可以把蜘蛛綁到網上，然後放到黛比頭上。

這主意挺好的。

華克還想在客廳地板上弄塊活動木板，當黛比和李爾踏到上頭時，我們就打開活動木板，讓他們掉到地下室去。

我必須表示反對，我是滿喜歡這個點子的，只是我不確定爸媽發現我們把地板挖個洞後，會有什麼反應。

更何況，我只是想嚇嚇那兩個討厭鬼而已，並不打算摔斷他們的脖子。

「假的血跡要放哪兒？」尚恩問道。

他兩手各拿了一片塑膠血塊，他和他妹在道具店裡買了十幾片大大小小的假血跡，看起來簡直跟真的一樣。

「還有別忘了那些綠糊。」莎娜提醒我們。她身邊擺了三大袋的綠色黏糊。

華克和我打開其中一個袋子，摸摸黏呼呼的綠糊，「你們在哪買的？」我問，「是同一家店嗎？」

「才不是，是莎娜的鼻子裡流出來的！」尚恩開玩笑說。

莎娜生氣的大吼一聲，並提起一個袋子在面前揮舞著，威脅要K她老哥。

尚恩大笑著從沙發上跳下來。

「唉呀！小心啦！」我大叫，「如果袋子破掉的話……」

「也許我們可以從天花板把綠糊垂掛下來。」華克建議說。

「對啊！酷斃了！」尚恩興奮的大叫，「這樣說不定會滴到黛比和李爾身上。」

「也許我們可以把綠糊裹到他們身上！」華克開心的接著說，「讓他們兩個看起來像兩滴黏黏的綠水滴。」

「啵、啵、啵！」莎娜伸出手，假裝自己快被綠糊堆給淹死了。

「這個東西會黏在天花板上嗎？」我問，「我們怎樣才能讓它在上面黏那麼

這句英文怎麼說

我是這群人裡面最務實的。
I'm the practical one in the group.

久？又怎麼讓那兩個人站到綠糊下頭？」

我是這群人裡面最務實的。他們有一大堆瘋狂的念頭，可是從來不知道怎麼去實行。

那是我的工作。

「我也不確定。」華克說著從椅子上跳起來，「我要去弄點喝的。」

「如果讓綠糊從南瓜燈嘴裡噴出來呢？」尚恩建議，「應該會很恐怖吧？」

「如果讓假的血從南瓜燈裡湧出來呢？」莎娜說，「會更恐怖喲。」

「我們得設法把黛比和李爾困在一個定點。」尚恩建議道，他很努力的在想，「綠糊、蛛網和血的點子固然都不錯，可是我們得讓他們以為自己的情況眞的很危險。我們得讓他們覺得眞的要遇到可怕的事了。」

我正想表示同意，可是燈卻熄了。

「噢——！」我驚呼一聲，在突發的漆黑中眨著眼睛，「怎麼回事？」

尚恩和莎娜沒有回應。

窗簾是闔上的，因此外頭的光透不進客廳裡。屋裡實在太黑了，我連坐在我

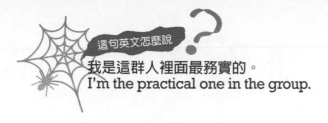

對面的兩個朋友都看不見！

接著，我聽到一個乾澀的低語聲，那是一種駭人的低語，就近在我的耳邊。

「跟我來。

現在就跟我回家吧。

回到你所屬的地方。

來吧——回到墳墓裡吧！」

註：tarantula狼蛛，一種南歐的具毛大蜘蛛，曾被誤以爲被其叮咬後會引起「毒蜘蛛舞蹈症」。

這句英文怎麼說

太棒啦！
That's excellent!

7.

我望著一片黑暗，那些話聽得我背脊發涼。

「跟我來。

現在就跟我回家吧。

回到你所屬的地方。

回到你的墳墓吧，黛比和李爾。

我是爲你們而來的，也只爲了你們來。

來吧，黛比和李爾，現在就跟我走吧。」

「太棒啦！」我大叫著說。

燈又亮起，尙恩和莎娜在我對面鼓掌喝采。

「做得好，華克！」我轉身恭喜他。

他把手提錄音機放到我們面前的矮桌上，開始倒帶。「我覺得這個可以嚇到他們。」他說。

「它嚇到我了！」我告訴他，「而且我還事先都知道。」

「等燈一熄，聲音開始傳出來後，每個人都會嚇著的！」莎娜叫道，「尤其是把錄音機放到沙發下頭，就更棒了。」

「那聲音是誰錄的？」莎娜問華克，「是你嗎？」

華克點點頭。

「正點。」尚恩說，他轉身看我。「不過，杜兒，我還是覺得妳應該用莎娜和我的點子，去嚇一嚇黛比和李爾。」

「還是留著下次眞的需要時再用吧。」我回答。

我彎身打開其中一個塑膠袋，伸手掏出一大塊綠糊，那東西在手裡感覺冰涼涼，黏兮兮的。

我拿在手上把玩，又擠又捏的，然後將它揉成一球。

這句英文怎麼說

我彎身打開其中一個塑膠袋。
I bent down and opened one of the plastic bags.

「你們覺得這夠黏嗎？可以黏在天花板上嗎？」我問，「如果讓它從牆上流下來應該會很棒吧？我覺得……」

「不，我有個更棒的點子。」華克打斷我的話，說：「燈全熄了……對吧？然後恐怖的聲音開始播放，接著當聲音念到他們的名字……低聲說『回到你的墳墓，黛比和李爾』時——一個人就溜到他們背後，把一大坨綠糊放到他們頭上。」

「太帥啦！」尚恩大喊，大夥兒歡聲雷動。

我們有些很棒的點子，可是還需要想更多些。

我不想搞砸，不希望黛比和李爾覺得這只是個可笑的鬧劇而已。

我希望嚇死他們——把他們嚇到魂飛魄散！

因此我們又想出更多、更多的嚇人點子。

我們討論了一整個星期，從放學後到深夜，設計各種陷阱，又在客廳各個地方藏了小小的嚇人玩意兒。

我們刻了幾顆前所未見，醜到無以復加的南瓜燈，還在裡頭擺了真假難分的塑膠蟑螂。

我們還做了一個八呎高的紙怪物，等我們一扯繩子，怪獸就會從掛外套的衣櫥裡掉出來。

我們買了各種逼真的橡膠蛇、蟲和蜘蛛，藏在屋子各處。

我們不吃也不睡，在學校裡無精打采，一心只想著如何擠出更多點子來嚇我們的客人。

終於，萬聖節到了。

我們四個人聚在我家，緊張到無法坐定或乖乖的站著。我們在屋子裡走來走去，彼此間幾乎不太講話。我們仔細的一再檢查所有準備嚇人的陷阱與惡作劇。

我這輩子從來沒有這麼認真的專注在一件事上，從來沒有！

我花了這麼多的時間準備這場派對——及我們的復仇計畫——一直到最後一分鐘，我才想到我們還沒準備萬聖節服裝。

結果我穿了去年的同一套克林貢裝。

華克扮成海盜，他戴著獨眼眼罩，穿了橫紋衫，肩上還弄了隻鸚鵡。

這句英文怎麼說

我花了這麼多的時間準備這場派對。
I spent so much time getting ready for the party.

尚恩和莎娜扮成像水滴狀的生物，我實在看不出來他們到底扮成什麼東西。我們並不在意自己的裝扮，只在乎如何嚇到黛比和李爾。

接著，在派對開始前的一小時，當我們在客廳裡緊張的踱步時，電話響了。我們接到一通令我們四個手足無措的電話。

8.

電話響時，我就站在旁邊，那刺耳的聲音害我差點跳到天花板上。我是不是很緊張呢？沒錯！

第一聲鈴才響到一半，我就抓起了聽筒。「喂？」

我聽到另一頭傳來熟悉的聲音，「嗨，杜兒，我是黛比。」

「黛比！」我大叫一聲，心想她應該是打來問派對幾點開始的吧。「派對八點鐘開始，」我說，「可是如果妳和李爾……」

「我打電話來就是爲了這個，」黛比打斷了我的話。「李爾和我今晚不能去了。」

「啊？」電話從我手中掉下來，咚隆的一聲撞在地上。

電話響時，我就站在旁邊。
I was standing right next to the phone when it rang.

我彎身去撿聽筒，卻絆了一下，差點把整張桌子撞翻。

「什麼？妳剛說什麼？」我大聲問道。

「李爾和我沒辦法去了。」黛比把那幾個可怕的字又說了一遍。「我們要去李爾的表弟家，他表弟可以去外頭要糖要到十二點，還可以到四個鄰近地區要糖，他保證我們可以討到很多袋糖果。對不起囉。」

「可是，黛比……」我有氣無力的抗議著。

「對不起。」黛比說，「再見，拜拜。」

黛比掛上了電話。

我呻吟一聲，軟趴趴的跪到地上。

「怎麼了？」華克問。

「他們……他們……他們……」我簡直說不出話來。

三個朋友圍在我身邊，華克想要將我從地上拉起來，可是我頭昏腦脹的，根本不想站起來。

「他們不來了！」我終於擠出這句話，「不來了。」

「噢。」華克輕聲回答，尙恩和莎娜悶悶的搖著頭，卻一句話也沒說。

我們全都僵在當場，呆掉了，難過到說不出話來。想想這一切的苦心……所有的計畫和努力，就要付諸東流了。

一整年的辛苦籌劃。

我絕不哭，我告訴自己。我很想哭，但我絕不能哭。

我無力的站起來，望了沙發一眼。

「那是什麼？」我尖聲叫道。

每個人都轉過頭，追隨我的目光。棕色的皮沙發墊上，有一個又大又醜的洞。

「噢，天啊！」莎娜哀叫道，「我正在玩一球綠糊，一定是站起來時掉到沙發上了，那綠糊……綠糊在墊子上溶出一個洞來了！」

「快點……趁我爸媽還沒看見以前把洞遮起來……」我正說著。

爸媽正巧走進客廳，「還好吧？」老爸問，「準備好迎接妳的客人了嗎？」

我交纏著手指，祈禱他們不會看到沙發上的洞洞。

「天呀！沙發上是怎麼啦？」媽尖聲問道。

這句英文怎麼說

準備好迎接你的客人了嗎？
All ready for your guests?

爸媽過了好久，還在氣我們把沙發弄壞的事。

而我持續更久的時間，都在傷心派對被毀的事。

去年萬聖節就是這麼過的，兩年了，連著兩年的萬聖節都被毀了。

如今，一年又過去了。

眼看又是萬聖節了。

今年，我們報復黛比和李爾的理由比去年強了兩倍。

如果我們有計畫的話……

9.

「今年我要當太空公主。」黛比宣佈道。

她又把她的金髮盤得高高的，而且還用同樣的水晶頭冠裝飾，並穿了同樣的蕾絲長禮服。

跟兩年前一樣的服裝，不過爲了加上外太空的感覺，黛比把臉全塗成了淡綠色。

她總是非扮公主不可，我酸酸的想。管她臉有沒有塗綠，她總是公主的模樣。

李爾穿著披肩和緊身衣出現，他說他是超人，服裝是他弟弟的。

李爾告訴我們爲什麼沒時間幫自己買服裝，不過我聽不懂他在說什麼，因爲他口裡嚼著一大塊泡泡糖。

這句英文怎麼說

她又把她的金髮盤得高高的。
She had her blond hair piled high once again.

華克和我決定扮成鬼，我們在床單上剪出眼洞和伸出手臂的洞洞，就這樣而已。

我的床單拖在身後的草地上。我真該把它剪短的，不過太遲了！我們已經要出發去跟人討糖了。

「尚恩和莎娜呢？」李爾問。

「我想我們等一下會趕上他們的，」我邊說邊把糖果袋拿到面前，「咱們走吧。」

我們四個人來到清新寒涼的夜色中，一輪蒼白的半月低掛在屋舍上方，綠草在薄霜之下，泛著灰光。

我們停在我家的車道尾端，一輛小型貨車轟隆隆的開了過來。我看到兩隻大狗在後車窗裡向外張望，駕駛在經過我們面前時，還減慢了速度看看我們。

「我們要從哪戶人家開始？」黛比問。

李爾咕噥了些我沒聽懂的話。

「我想去要一整夜的糖！」華克大聲說，「這次也許是我們最後一次討糖吃了。」

「什麼，你這話是什麼意思？」黛比轉過一張綠臉問他。

「明年我們就是青少年啦，」華克解釋，「還要糖吃就嫌老了。」滿悲慘的。

我深吸一口涼涼的空氣，可是我忘了在被單上挖個鼻洞或嘴洞了。我們都還沒離開我家前院，我就已經開始覺得熱了！

「我們先去威洛家吧。」我建議說。

威洛家一帶的房子都很小，就在一小片林子的另一頭，在兩條街外。

「爲什麼挑威洛家？」黛比邊摸著頭上的冠飾邊問道。

「因爲那邊的房子都蓋得很近，」我告訴她，「我們不用走太多路，就可以討到很多糖了，不必走一堆長長的車道。」

「聽起來滿好的。」李爾表示贊同。

我們開始沿著路邊走，我看到對街有兩個怪獸和一個骷髏，正走過一片前院，這群小孩的爸爸則跟在他們後面。

這句英文怎麼說

明年我們就是青少年啦。
Next year, we'll be teenagers.

風翻吹著我的服裝，我的鞋在覆霜的枯葉上踩得沙沙作響。當我們穿過黑漆漆的林子時，天空似乎也變得更暗了。

幾分鐘後，我們來到威洛家附近的第一條街口。街燈溫暖的昏光照著附近一帶，許多房子都裝飾著橘色及綠色的燈、女巫及小妖精的剪紙，還有燭光搖曳的南瓜燈。

我們四個人開始挨家挨戶的高聲喊著：「不給糖，就搗蛋！」並收到各式各樣的糖果。

看到黛比公主裝的人，莫不發出讚歎聲。她是我們之中唯一精心打扮的人，大概是這樣才會特別顯眼吧。

我們沿著街走，途中遇到很多其他小孩子，大部分看起來都比我們小。有個小鬼打扮成牛奶盒的樣子，甚至還把所有的營養成份都印在盒子上。

我們花了約半小時的時間，才把街道兩側走完。威洛家在一條死巷的尾端。

「接下來去哪兒？」黛比問。

「哇，等一等，還有一間房子。」華克說著指指樹林後的一間小磚房。

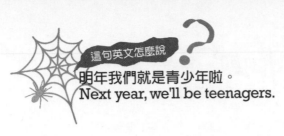

「我以前沒見過那房子。」我說，「大概是因爲它是唯一不在街邊的房子吧。」

「燈是亮的，而且窗口也放了南瓜燈。」華克說，「咱們過去瞧瞧。」

我們一夥兒人來到前門按著門鈴。前門立刻打開了，一名矮小的白髮婦人伸出頭來，瞇著厚重的眼皮，斜眼瞄著我們。

「不給糖，就搗蛋！」我們四個說。

「唉呀，天啊！」她大叫起來，用滿是皺紋的手壓著自己的臉頰說，「這服裝好漂亮啊！」

什麼？好漂亮？我心想。兩條床單，加上一件借來的舊超人裝，有什麼好漂亮的？

老婦人轉身回到屋裡，「佛瑞斯，快來看哪！」她喊道，「你一定得看看這些服裝。」

我聽到屋子深處傳來男人的咳嗽聲。

「進來，請進來。」老婦人懇求道，「我希望我先生也能看看你們。」她往後退開，讓出空間讓我們進去。

這句英文怎麼說

我們四個人猶豫不決。
The four of us hesitated.

我們四個人猶豫不決。

「進來呀！」婦人堅持著說，「佛瑞斯一定得看看你們的服裝，不過他不方便起來。拜託你們了！」

黛比第一個走進屋裡，我們走進一間燈光昏暗的小屋子中，牆邊有個小小的磚造壁爐正在燃著火，房裡熱得跟爐子一樣，感覺上好像有五百度熱！

婦人關上我們身後的前門。「佛瑞斯！佛瑞斯！」她喊著，並轉身對我們微笑，「他在後面的房間，請跟我來。」

婦人打開門讓我們進去，我驚訝的發現，後面的房間竟然非常的大。

而且擠滿了穿著各種服裝的小孩子。

「哇！」我嚇得叫了出來，眼睛很快的掃視著房間。

大部分小孩都摘下面具了，有些人正在哭，有些則氣得臉紅通通的。有幾個孩子疊著腿坐在地上，表情十分的鬱卒。

「怎麼回事？」黛比尖聲問，眼睛因恐懼而睜大。

「他們都在這裡做什麼？」李爾努力嚥下口水問。

一個紅臉白髮的小個子男人，拄著拐杖從角落裡蹣跚的走過來。「我喜歡你們的服裝。」他咧嘴對我們笑著說。

「我們……我們得走了。」黛比結結巴巴的說。

我們全轉向門口，老婦人已經把門關上了。

我回頭瞥了一眼扮裝的孩子們，至少有二十幾個人，他們全都一臉的害怕與不悅。

「我們得走了。」黛比尖聲重複道。

「是啊，咱們快走吧。」李爾堅持的說。

老人笑了，婦人走到他身邊。「你們得留下來，」她說，「我們喜歡看你們的服裝。」

「你們不能走。」老人又說，然後靠在拐杖上，「我們得看著你們的服裝。」

「呃？你們在說什麼呀？你們要把我們留在這裡多久？」黛比大叫。

「永遠。」老夫婦異口同聲的回答。

這句英文怎麼說

你們要把我們留在這裡多久？
How long are you going to keep us here?

10.

那是我的白日夢而已啦。

我在我家前頭的街上等我那群朋友，同時幻想黛比和李爾被一對喜歡拘禁討糖吃的小孩，讓他們永遠回不去的怪異老夫婦困住了。

當然囉，在我的白日夢裡，華克和我從側門偷偷溜掉了。

不過黛比和李爾在逃出來之前就被逮到了，從此以後就再也沒見到他們了。

這白日夢很棒吧？

華克、尙恩和莎娜終於到達時，我還在編織整件事。我們興奮的跑進屋裡，到我房間去。

「杜兒，妳爲什麼笑成那樣？」莎娜一邊問，一邊坐到我的床沿。

「我剛才做了一個很好笑的白日夢，」我告訴她，「跟黛比和李爾有關的。」

「那兩個怪胎有什麼好笑的？」華克問。他從地上撿起一顆網球丟給尚恩。

他們兩人就開始在我房裡來回丟著球玩起來了。

「眞的很好笑耶，」我坐起來伸展身子說，「尤其是結尾的部分。」

我把整個幻想內容告訴他們，從大家臉上的笑容看來，他們也都很喜歡。

不過莎娜罵我說：「我們可沒時間做白日夢，杜兒，我們需要一個可行的計畫，萬聖節就快到了。」

華克把球丟高了，弄碎了我梳妝台上的燈，還把燈給撞倒了。

尚恩一個箭步往燈衝去，在燈掉到地上之前接住了。

「漂亮！」華克叫道，「本月最佳捕手！」他跟尚恩相互擊掌，結果太用力，可憐的尚恩差點把燈弄掉了。

「喂！」我對華克低聲吼道，並指著椅子說：「你給我坐下，我們有正事要談呢。」

「杜兒說的沒錯。」莎娜同意說，「今年我們非讓黛比跟李爾嚇到魂飛魄散

這句英文怎麼說?

我覺得你今年非聽莎娜和我的話不可。

I think you have to listen to Shana and me this year.

不可，以報前兩年的深仇大恨。哼，此仇不報非君子！」

「我們要怎麼個報仇法啊？」瘦長的華克邊問邊在椅子上坐下來。「躲在樹叢後，然後大喊『哇！』嗎？」

這是什麼爛態度。

「我一直在想一些可以在派對上嚇人的點子。」我才開口，「我想……」

「不要開派對了啦！」莎娜打斷我說。

「就是嘛，別開派對了。」她老哥說，「去年我們忙了半天，結果黛比和李爾竟然沒來。」

「哼。」一想到去年我就想罵人。

「如果我們不趁萬聖節派對嚇他們，還能在什麼時候下手？」華克問，一邊用指頭敲著桌子。

「尚恩和我有些很棒的點子。」莎娜說。

「對啊。我覺得你今年非聽莎娜和我的話不可。」尚恩插進來說，「我們有個很棒的計畫，包準讓他們嚇上一整年，真的！」

華克坐近桌子邊，尚恩坐在他旁邊的地板上，我則在床上的莎娜身邊坐下。

莎娜用近乎呢喃的聲音，將他們的計畫告訴華克和我，那是個非常嚇人的計畫……

光聽莎娜描述，我就聽到全身發涼了。

「計畫很簡單，」莎娜最後說，「很容易執行，而且絕對可以奏效。」

「我們將讓黛比和李爾度過一個永生難忘的萬聖節！」尚恩吹噓道。

「好惡毒哦。」華克咕噥著說。

我望著那對有著蘋果臉，身材圓呼呼的雙胞胎，他們看起來眞的好可愛，又甜美又天眞，可是他們準備拿來嚇黛比和李爾的計畫，卻眞的非常駭人！

「是滿惡毒的。」我同意的說，「而且很恐怖，眞的是噁心又嚇人。」我咧嘴一笑，「我喜歡！」

大夥兒全都笑成一團。

「這麼說大家都同意囉？」尚恩問，「我們要做嗎？」

大家一致通過，並審愼的握手約定。

這句英文怎麼說

你們四個人這麼嚴肅的在討論什麼？
What are you four plotting so seriously?

「太好了。」莎娜說，「杜兒，妳只要邀他們跟妳一起去討糖果就行了，其他的事就包在尚恩和我身上了。」

「沒問題。」我回答道，臉上還是笑個不停。「沒問題。」

我們大聲歡呼，互相道喜，我們知道就是今年了——今年是我們的天下。

莎娜開始談著別的事情——但是我媽媽把頭伸進房裡來。

「你們四個人這麼嚴肅的在討論什麼？」

「呃……沒什麼。」華克很快答道。

「只是在籌劃萬聖節的事而已，媽。」我告訴媽媽。

媽媽咬咬下唇，表情變得十分嚴肅，「杜兒，妳要知道，」她搖著頭說，「我今年不想再讓妳去外頭要糖了。」

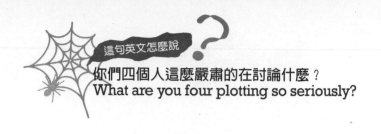

11.

「媽……您得讓我去要糖！一定得讓我去啦！要不然，我們的復仇計畫就毀了！」

我差一點衝口說出那些話。

可是我還是沒說出來。

我將話硬生生吞了回去。

我用力看著媽媽，想知道她是不是說眞的。

媽媽是認眞的。

「媽——怎麼了嘛？」我終於叫道，「我到底做了什麼？爲什麼我要被禁足？」

這句英文怎麼說？

我差一點衝口說出那些話。
Those words almost burst from my mouth.

「杜兒，妳沒有被禁足。」媽媽大笑著說，「我只是覺得今年最好別去討糖，妳沒看新聞嗎？城裡有人失蹤了呢。」

「啊？失蹤？」

我的心思又回到自己的白日夢上，又看到那對把小孩鎖在房裡的老夫婦。

「您是說有小孩子失蹤嗎？」我問。

媽搖搖頭說：「不，不是小孩子，而是大人。昨天是第四個失蹤了！在這兒，妳看。」

媽把報紙捲在腋下。她抽出報紙攤開來，把頭版拿得高高的，讓我們全都能看見。

我在房間另一頭都可以看到用粗體字寫的頭條：

地方謎案：四人失蹤！

我從床上爬起來走向媽媽，我看到尙恩和莎娜彼此憂心的互看一眼，華克的表情變嚴肅了，手指在桌上緊張的敲著。

我從媽媽手上接過報紙，看著四名失蹤人士的照片——三男一女。

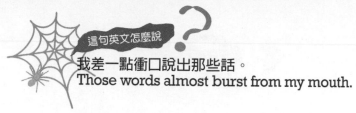

「警方警告大家要小心。」媽輕聲說。

華克走過來從我手上拿過報紙，仔細看了照片一會兒，「嘿……這些人都好胖啊！」他叫道。

這下子我們全擠到報紙旁看著那幾幅黑白照了。

華克說的沒錯，那四個人全都胖極了，第一個穿著套頭毛衣的禿頭男子，至少有六層下巴！

「奇怪。」我呢喃著。

尚恩和莎娜變得異常沉默，我想他們是在害怕吧。

「四個大胖子怎麼會憑空消失？」華克問。

媽嘆了口氣說：「警方也很想知道啊。」

「可是，媽，如果只有大人失蹤，為什麼我不能去要糖？」我問。

「拜託您讓杜兒去嘛，」莎娜哀求說，「這是我們最後一次在萬聖節晚上出去了。」

「不行。」媽媽答道，她又在咬下唇了。

這句英文怎麼說

四個大胖子怎麼會憑空消失？
Why would four fat people disappear into thin air?

「可是我們真的會非常非常非常非常小心的！」我向媽媽保證說。

「不行就是不行。」媽重複道：「不行。」

萬聖節再一次被毀了。

12.

可是後來老爸覺得也許去要要糖沒什麼關係。

那是兩天後的事了。爸和媽一直在這件事上討論個沒完。

「如果是一群人活動，妳就可以去。」爸說，「別跑遠，要留在附近；還有別跟大家分散了，好嗎，小精靈？」

「謝謝老爸！」我大叫。我高興得連老爸叫我小精靈都不在乎了！而且還出其不意的給他一個大大的擁抱。

「你確定要讓她去嗎？」媽媽問。

「老爸當然確定啦！」我喊道。

我絕不會讓他們改變心意的。我已經要去打電話告訴華克，我們又可以實施

這句英文怎麼說

所有的事都就緒了。
Everything was set.

萬聖節的復仇計畫了！

「這一帶會有成千個小孩出去討糖的，」爸爸辯說，「更何況杜兒和她的朋友都夠大，也夠聰明，不會惹麻煩的。」

「多謝老爸！」我又喊了一遍。

媽還想繼續討論，不過我在她說下去之前，就已衝出廚房回到房間裡了。

我打電話給華克，把這個好消息告訴他。他說他會打電話給尙恩和莎娜，告訴他們爲萬聖節晚上做準備。

所有的事都就緒了，只剩下一個問題沒解決而已。

那就是我得說服黛比和李爾跟我們一起去討糖。

我深深吸了一口氣，打電話到黛比家。黛比媽媽說她到李爾家去幫忙準備萬聖節的服裝了。

於是我趕到李爾家中。那是一個陰灰的週六下午，一整個早上都在下雨，烏雲仍在天際留連不去。

前院草坪在雨珠的拉扯下顫動不已。我跳過人行道上的大片水坑。我身上穿了件灰色的厚運動服，可是空氣又溼又冷，我眞希望自己多套件夾克。

我跑過往李爾家的最後一段路，趁此暖暖身子。我在他家前門停下來喘口氣，然後去按門鈴。

幾秒鐘後，李爾來應門了。

「哇！」看到他的服裝，我叫了出來。李爾頭上長了兩根晃來晃去的觸鬚，身上穿了件毛絨絨的黃背心，上面還套著黑黃條紋的女泳裝。

「你……你是蜜蜂嗎？」我結結巴巴的問。

他點了點頭，「黛比和我還沒做完呢，我們今早去買了黑色緊身褲要穿在腿上。」

「好酷哦。」我說。

李爾看起來蠢斃了。可是我又何必告訴他？

我進到房間時，黛比跟我打了招呼。她已經打開緊身褲的盒子了，正拿在手上用力拉著。

「杜兒……妳變瘦了嗎？」她問。

這句英文怎麼說

我讓他們兩人吵了幾分鐘。
I let them argue for a few minutes.

「什麼？沒有啊。」

「噢，看來妳很喜歡穿那種寬鬆的運動服——對吧？」

黛比實在太惡劣了。

她轉過頭去，不過我看到她在偷笑，她還以為自己很幽默哩。

「那是妳的服裝嗎？」她問。

我決定不理會她的爛笑話，「不是，我大概會扮成超級英雄之類的吧。」我告訴她說，「大概就是披件披風，穿個緊身衣之類的。妳呢，要扮成什麼？」

「芭蕾舞者。」她答道。黛比把緊身褲交給李爾，「你的蜂腿，你有沒有厚硬紙板？」

「做什麼用的？」李爾問。

「我們得做蜂刺啊，把它黏在你的緊身褲後面。」

「休想！」李爾抗議說，「我不要裝刺，也不需要裝刺，我一定會坐到刺上的啦。」

我讓他們兩人吵了幾分鐘，完全置身事外。

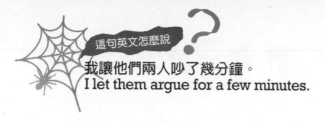

李爾終於吵贏了，不用裝刺。

黛比嘴巴嘟了一會兒，然後朝他扮了個鬼臉。她很討厭人家不按她的意思做，不過李爾比黛比還要固執。

「聽我說，兩位。」我說，「華克、尚恩、莎娜和我今年要一起去討糖。」

我深吸一口氣，然後提出問題，「你們兩個要不要一起來？」

「好啊，當然好。」李爾回答。

「可以啊。」黛比同意道。

就這麼定案了。

陷阱設好了。

黛比和李爾就要經歷他們這輩子最恐怖的萬聖節。

不幸的是，我們也一樣。

13.

這星期過得超慢，我度日如年的數著日子，一直數到了萬聖節。

終於，大日子到來了。我緊張得要命，幾乎連無敵英雄的服裝都沒心思去弄。我的服裝其實也算不上服裝，只是穿了件黯藍色的緊身褲及藍上衣，在褲子上套件紅短褲而已。

至於披風，我則剪了一塊我們已經不用的紅桌布，綁在肩膀上。接著我套上白色塑膠靴，戴上一副剛好可以遮住臉的紅色厚紙板面具。

「超人杜兒！」我對著鏡子宣稱說。

我知道這服裝很遜，不過我不在乎。今晚的重頭戲不在服裝，而在於把人嚇死，把兩個討厭的小鬼嚇死！

這句英文怎麼說

這星期過得超慢。

The week dragged by.

我從櫃子裡找到一個棕色的大購物袋裝糖果，然後衝下樓，希望能在遇到爸媽之前溜出去，免得又要聽他們囉嗦，叫我要多小心點。

可惜本姑娘運氣欠佳。

老爸在樓梯口擋住了我。「哇！好酷的服裝啊，小精靈！」爸叫著說，「妳扮的是什麼？」

「拜託別叫我小精靈好不好。」我嘀咕著，並想要繞過老爸到前門去，可惜路被他擋住了。

「讓我拍張照就好。」他說。

「我快遲到了啦。」我告訴爸爸，我跟華克約好七點半在街角碰面的，現在都已經七點四十五分了。

「在外頭要小心哪！」媽從房裡喊道。

爸跑去拿相機了，我在樓梯口等著，一邊不耐煩的敲著扶手。

「別跟任何陌生人說話喔！」媽大聲說。

天哪！

這句英文怎麼說

讓我拍張照就好。
Just let me take one photo.

「好了、好了，很快拍一張就好了。」爸拿著相機回來，邊說邊把相機放到眼睛上。「站到門前面，妳看起來很棒，杜兒，妳是神祕女超人還是什麼啊？」

「只是個超級英雄而已啦，」我低聲說，「我真的得走了，爸。」

爸爸把相機握穩。「笑一個吧？」

我咧嘴露齒而笑。

爸按下快門。

「噢，等一下，燈有沒有閃？」他問，「我好像忘了開閃光燈了。」爸檢查相機說。

「爸——」我說。想到華克一個人站在街角，華克最討厭等人了，他現在一定很緊張。

跟我一樣緊張。

「爸，我得去跟朋友會面了。」

「如果看到任何可疑的人，就趕快跑開！」媽從房裡喊道。

「我們再試一次，小精靈。」爸又拿起相機，「笑一個。」

他按下快門，還是沒閃燈。

「怎麼回事……」他又去檢查相機。

「爸，拜託啦……」我哀求著。

「噢，哇！」他呢喃著，「妳相信嗎？竟然沒有底片。」他搖著頭，「我還以爲裡頭裝了底片呢，我上樓去拿一卷，一下下就好了。」

「爸——」我尖叫出聲。

門鈴響了，我們兩個全嚇了一跳。

「也許是來要糖的。」爸說。

我跳到門邊拉開門，望向昏黃的門廊燈，有個全身穿黑衣的男孩站在那裡。他穿著一件黑毛衣和黑長褲，一頂黑色的滑雪毛帽子拉到了額前。男孩用黑面具蓋住自己的臉，而且還戴了黑色的手套。

「這服裝好可愛。」爸說，「杜兒，去幫他拿條糖果來。」

「爸，他不是來要糖的，他是華克啦。」我呻吟道，推開擋風門讓華克進來。

「妳不是要來跟我碰面的嗎？」他說。

這句英文怎麼說

你過街時最好小心一點。
You'd better be very careful crossing the street.

爸爸望著一身黑裝的華克問道：「你是扮什麼啊？」

「黑暗的暴風之夜。」華克回答。

「呃？哪裡有暴風啊？」我問。

「這裡就有。」華克說著舉起一支黑色的塑膠水槍，對著我的臉射水。

爸哈哈大笑，他覺得這招太炫了，便去房裡把媽也叫出來瞧瞧。

「我們永遠也離不開這裡了。」我低聲對華克說。「我們會碰不到黛比和李爾的。」

我們今晚都計畫好了，每分鐘都計算妥當了。但是沒想到現在整個計畫就要完蛋了。

我的胃揪成一團，感覺上越絞越緊，我覺得自己好像突然被披風勒住了。

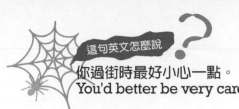

爸媽正在讚美華克的服裝，「黑暗的暴風之夜！好聰明啊。」媽說，「可是黑漆漆的，誰看得見你呢？你過街時最好小心一點。」

媽今天晚上對每個人都有話要講。

我再也受不了啦。「我們得走了，再見。」我說，然後把華克推出門，自己則緊跟在後面。

媽又從房子裡喊著要我小心，不過我聽不見了。我拉著華克走下車道，兩人匆匆趕到跟黛比和李爾約好見面的街角。

我們的兩位受害者。

「你應該留在街角的，」我罵華克說，「說不定，黛比和李爾已經來過又離開了。」

「誰叫妳遲到那麼久，」華克抗議說，「我還以爲妳出事了。」

我的心在狂跳，胃部揪得更厲害了。「好啦，好啦。」我催說，「咱們冷靜一點。」

那是個清亮冷冽的夜晚，草坪在薄霜下發出淡淡的銀光。一輪明月在星群中散發著皎白的潔輝。

街上大部分的房子都點上燈了，我看到兩群討糖吃的小孩跨街而過，他們全都朝著同一間房子走去。房子隔壁的狗吠得十分起勁。

我把眼神轉向跟黛比和李爾約好見面的街角，沒有人在那兒。

這句英文怎麼說

他們可能隨時會到。
They will be here any second.

華克和我在街燈下停住腳，我調整了一下披風，我眞的快被它勒死了。我發現披風剪得不夠短，尾端的地方拖在地上都弄溼了。

「他們人呢？」我問。

「你也知道他們一向愛遲到。」華克答說。

他說的沒錯，黛比和李爾喜歡讓別人等他們。

「他們可能隨時會到。」華克說。

街角的院子邊圍了一片高高的樹籬，華克開始在樹籬跟街角之間來回踱步。

他的衣服黑極了，以至於踏入樹籬的陰影中時，整個人完全不見了！

「你能不能別再走來走去……？」我說。

可是我的聲音哽在喉嚨裡了，因爲我聽到一聲咳嗽從樹籬另一邊傳來。

一記低沉而粗啞的咳嗽。

聽起來不像是人的咳嗽聲，反而比較像動物的低吼聲。

我轉過頭，華克也聽見了。他停下腳，瞪著樹籬。

我聽到一陣沙沙聲，樹籬開始顫動起來。

「誰……誰在那邊？」我擠出聲說。

樹籬又顫了起來，霹啪作響的顫了起來。

「喂……是誰啊？」華克大喊。

一片寂靜。

樹籬搖晃著，這次搖得更凶了。

「是有人在開玩笑嗎？」華克抖著聲音問。

又是一聲動物的低吼。

「不——！」看到兩隻醜陋的東西從樹籬裡咆哮著衝出來時，我大聲叫道。

我只看到一團絨毛、一張血盆大口，還有淌著口水的牙齒。

我還來不及移動，其中一隻就咆哮著向我撲來了。那東西一下將我撲到地上，把獠牙刺到我肩膀裡。

這句英文怎麼說

我聽見華克的怒吼聲。
I heard Walker's angry shout.

14.

我痛得哀聲慘叫。

我試圖掙扎著站起來，可是那凶猛的東西將我牢牢的釘在地上，讓我完全動彈不得。

「住手！住手啊！」那東西將我的披風當毯子一樣的拉蓋到我身上，我拚命想掙脫。

「喂——！」我聽見華克的怒吼聲，可是卻看不到他出了什麼事。

「不要！放我走！」我尖聲大叫。

慌亂中，我使出全力，伸手重重擊在對方沾滿口水的臉上。

結果驚訝的發現，那東西的整張臉就這麼被我抓下來了。

一張面具，我手上拿著一頂塑膠面具。

我抬眼看著那張笑兮兮的臉。

一會兒後才認出那個男生。泰德．傑佛瑞，沒錯，是泰德．傑佛瑞。就是兩年前在李爾家派對上，把大家嚇到屁滾尿流的那個高中男生。

「原來是泰德。」我咕噥著說，一邊慌忙的將披風從我臉上扯下來。

「被騙了！被騙得很慘吧！」泰德低聲說，然後放開我站了起來。

「你這混蛋！」我氣得大吼，同時把塑膠面具扔到他臉上。

泰德用單手接住，然後哈哈大笑。「杜兒，別那麼開不起玩笑嘛。」

「啊？玩笑？玩笑你個頭啦！」我氣死了。

我站起來，忿忿的在身上亂拍一氣，我的披風全沾著溼掉的枯葉。

華克一直在跟另一個東西奮戰，那傢伙摘下面具，不是他還有誰，當然是泰德的損友，喬伊了。

「希望我們沒有嚇著二位！」他嘲弄的說。喬伊和泰德兩個笑得跟奸臣一樣，還撲在對方身上，不停的擊掌慶祝。

這句英文怎麼說

你跟李爾在後頭站多久了？
How long were you and Lee standing back there?

我還沒來得及罵他們混蛋，就聽到更多人在笑了。我驚訝的發現，黛比和李爾從樹籬後面走了出來，他們四個人一起笑成一團。

「混蛋！」我怒吼一聲，那一刻我還眞希望自己是個超級英雄，我眞想在他們猙獰的笑臉上揮幾個老拳。

或者把身上的披風一張，揚長遠飛——飛得遠遠的，這樣就再也不用看到他們任何人的臉了。

「萬聖節快樂呀，杜兒！」黛比得意洋洋的說。

「萬聖節快樂。」黛比和李爾一起又說了一遍，然後露出一臉噁心的賊笑。

「妳跟李爾在後頭站多久了？」我生氣的問。

「夠久的了！」李爾竊竊的笑說。他和黛比兩個又大聲笑了起來。

「我們這整段時間都站在後頭。」黛比說，「我愛萬聖節——妳呢？」

我恨得牙癢癢的，可是我什麼都沒說。

冷靜啊，杜兒，我告訴自己。黛比和李爾跟他們那兩個高中狗黨的確是開了妳一個小玩笑。

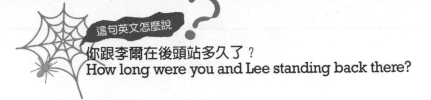

但是，今晚最後大笑的人不會是他們。

我告訴自己，等過了今晚，笑的人會是華克和我。

等尚恩和莎娜一到，我們就會把他們嚇到半死。

泰德和喬伊又把面具戴了回去，他們往後仰著頭，像狼一樣的嚎叫了起來。

泰德的面具眞的很噁，尖長的獠牙上還沾著塑膠口水。

「他們不會跟我們一起去要糖吧？」我問黛比。

黛比搖搖頭，一邊調整金髮上的飾冠。

「怎麼可能！」泰德從醜陋的面具後說，「喬伊和我太老了，怎麼可能去討糖，尤其跟你們這群愛哭鬼去，有什麼好玩的。」

「那你爲什麼還穿怪獸服？」華克問。

「去嚇小孩啊。」喬伊回答。他和泰德又大聲冷笑起來了。

喬伊抓住我的面具，將它拉到我下巴上，泰德則用手背揉著華克的臉頰，把他臉上的黑妝弄得一團亂。接著他們便跑開去找別的受害者了。

實在是可惡極了。

這句英文怎麼說

看到他們離開我很高興。
I was glad to see them go.

看到他們離開我很高興。

我站在那兒望著他們，確定他們沒改變心意又折回來。

「他們人很好。」李爾說。他把橘黑相間的糖果袋放到草地上，然後調整頭上的蜂鬚。

我聽見一群小孩高聲笑著穿過大街，便轉過身，看到了四個孩子——他們全扮成怪獸和小妖精的樣子，他們跑過車道來到一戶人家前。

「我們走吧。」黛比說，「天滿冷的。」

「尚恩和莎娜不是要來跟我們碰頭嗎？」李爾問。

「是啊，他們待會兒就會趕上來的。」我說。

我們穿過街道，開始朝第一間房子走去。那是一間燈火通明的高聳磚房，前窗上擺了一個笑臉迎人的南瓜燈。

當我們走在鋪著碎石的車道上時，我瞄了一下手錶。

然後驚呼一聲。

都快八點十五分了。

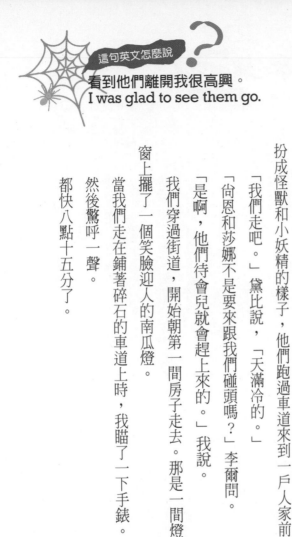

尙恩和莎娜應該八點跟我們在街角碰面的。

他們人呢？

他們從不遲到的，從來不會的呀！

我用力嚥著口水。

難不成今年萬聖節也會被破壞掉嗎？

是不是出了什麼問題？

這句英文怎麼說

我還在擔心尚恩和莎娜。
I was still worrying about Shane and Shana.

15.

我們走到前門，朝玻璃防風門向裡頭張望，一隻藍眼大黃貓從房間另一端回望著我們。

我按下門鈴。

幾秒鐘後，一位滿臉笑容，穿著牛仔褲和黃套頭毛衣的少婦匆匆趕到門口，她拎著一籃子的巧克力棒。

「你們打扮得好棒啊。」少婦說，並在每個人的袋子裡放了一條巧克力。

「杜兒——把妳的袋子拿高呀！」黛比尖聲命令。

「噢，對不起。」我還在擔心尚恩和莎娜。我把袋子遞向婦人，那貓瞇著一對美麗的眼睛瞅著我。

「妳是扮成公主嗎？」女人問黛比。

「不，我是芭蕾舞者。」黛比回道。

「那你是一堆黑炭嗎？」女人問華克。

「差不多。」華克嘀咕道。他沒再搬出黑暗暴風夜那套說詞了，我想他也在擔心尚恩和莎娜。

「好好的玩吧。」女人說，然後將防風門關上。

我們四個人從女人家的前階跳下來，朝隔壁院子覆霜的草坪走去。當我回頭瞄那扇門時，發現那隻貓還在望著我們。

隔壁的房子是暗的，因此我們越過草坪，到下一戶人家去。一群小鬼已經等在門口喊著：「不給糖，就搗蛋！不給糖，就搗蛋！」了。

「他們在哪兒呀？」我低聲問華克。

他聳聳肩。

「如果他們不來……」我才說著，就看到黛比正在看我，因此便沒把話說完。

我們等那群小鬼離開，然後走到前階。兩個小小孩——差不多三、四歲而

這句英文怎麼說

不給糖，就搗蛋！
Trick or treat!

已——正在發小小包的糖果給每個人。

看到李爾的蜜蜂裝，兩個小鬼哈哈大笑了起來。他們想去摸觸角，小男孩問李爾，蜜蜂的刺在哪裡。

「我的刺拿去螫人了。」李爾告訴他。

他們用力盯著全身黑的華克，我想那身打扮有點嚇到他們了。「你是怪獸嗎？」小女孩害羞的問華克。

「不，我是一塊黑炭。」華克告訴她。

女孩認真的點點頭。

我們匆匆離開，又去了三戶人家討了糖，這條街總算討完了。我看到兩名我當保姆時照顧過的小孩，他們穿著同樣款式的機器人裝，我停下來和他們聊了一會兒。

接著我得跑去趕上其他同伴。他們已經過街了，並開始跟對街的人家要起糖來了。

一陣強風吹得我披風亂飛，我打了個寒顫——又緊張的看了一下錶。

他們在哪兒？尚恩和莎娜跑哪去了？

整個計畫就靠他們兩個人了……

「哇！到目前爲止，收穫很多耶！」李爾說著打開袋子，邊過街邊估算裡頭的糖果。

「你們有沒有拿到金莎巧克力？」黛比問，「我可以跟你們換喲。」

「只有一個人是給蘋果的。」李爾一臉厭惡的說。他將手伸進袋子裡拿出一顆蘋果，然後用盡全力，把蘋果扔過院子。

蘋果撞在樹幹上發出重重的響聲，接著便彈到隔壁的車道上了。

「怎麼會有人給蘋果嘛？」李爾抱怨道，「難道他們不曉得，我們只想要糖嗎？」

「有些人就是很吝嗇。」黛比說，她掏出自己的蘋果丟在地上，接著用穿著芭蕾舞鞋的腳踢著。

我心想，這兩個大混蛋能得到蘋果算是很不錯了。

可是尚恩和莎娜人呢？

這句英文怎麼說

難道他們不曉得，我們只想要糖嗎？
Don't they know we only want candy?

我們沿街討糖，天色已經很晚了，路上小孩子也漸漸少了。

街角的街燈壞了，我們踏入一大片陰影中。

李爾有一根蜂鬚一直掉，他把蜂鬚擺回去不下十次了。

當我們接近街角時，一棵大樹擋去了月光，四周變得更暗了。

「唉呀——！」看到兩個人影從樹後跳到我們面前時，我忍不住大叫一聲。

我以為是泰德和喬伊又折回來了。

不過我很快發現並不是那兩個傢伙。

在一片灰濛濛中，那兩個身影背對著我們，擋住我們的去路。兩人穿著長及地上的深色袍子。而且他們頭上……

他們頭上……

頭上戴著南瓜！

又大又圓的南瓜，平穩的立在他們的肩膀上。

「哇——！」華克嚇得大叫，他往後退，結果撞到了我。

黛比和李爾發出驚呼。

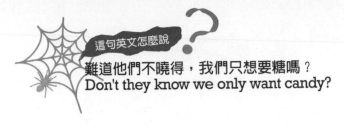

可是最恐怖的事還在後頭。

這兩個人緩緩轉身面對我們，兩張南瓜臉也映入了我們眼簾。

他們頭上刻著詭異可怖的笑容。

一對三角眼閃閃發光。

那是火焰的光芒。

鮮豔的橘黃色火焰，在他們的頭顱裡舞動！

當這兩顆南瓜頭對著我們猙獰的笑著時，華克和我張開嘴，發出駭人的尖叫……

這句英文怎麼說

你在裡頭放了蠟燭嗎？
Do you have candles in there?

16.

我們的尖叫聲在街上迴盪不已。

南瓜頭眼裡的火光搖曳不止。

我轉身看著黛比和李爾，只見他們臉上映著南瓜燈的燭光。他們兩個靜靜站著，望著獰笑的南瓜頭。

黛比對著我說：「這是妳想出來的惡作劇嗎？妳是想嚇我們嗎？」

「我們知道那是尚恩和莎娜。」李爾說，他把鬆掉的黑色服裝塞回去。

「喂，尚恩……你還好嗎？」

兩顆南瓜頭默不作聲。

「你那個火是怎麼弄的？你在裡頭放了蠟燭嗎？」黛比問，「你怎麼看到外

面的呀？」

南瓜頭默默的笑著，一小簇火星從歪七扭八的南瓜嘴裡迸了出來。

我渾身發抖，這些服裝實在太維妙維肖了，我可以看見火焰在橘色的大頭中嘶嘶作響。他們身上穿著墨綠色的衣服，就像南瓜的藤葉一樣。

黛比和李爾怎麼會不害怕？我實在不明白。

我預料尚恩和莎娜會穿著可怕的服裝出現，可是沒料到他們會想出南瓜頭這麼精彩而可怕的東西來。

這服裝太棒了，可是我覺得好失望，因爲黛比和李爾完全沒有被嚇到。

我心想，看來今年的萬聖節也毀了——就跟前兩年一樣。

我站到華克身邊，無法看到他那張大黑臉上究竟是什麼表情。

「他們這個火是怎麼弄的？」他低聲說，「實在太讚了！」

我點點頭，「可是沒把黛比和李爾嚇到。」我低聲回道。

「還早呢。」華克呢喃說：「尚恩和莎娜才剛剛開始而已。」

我的披風開始纏在腿上了，我將披風解開，撥到身後。

這句英文怎麼說

我們可不像你們兩個那麼膽小。
We're not scaredy-cats like you two.

兩顆南瓜頭還是半句話都沒說。

黛比拿起她的糖果袋，轉過身不屑的對我說：「如果你們想嚇李爾和我的話，這點還不夠看呢。」

「我們可不像你們兩個那麼膽小。」李爾吹噓著。

火焰自南瓜頭眼中跳了出來，他們雙雙微揚著大頭望著黛比和李爾。

他們是怎麼辦到的？我覺得奇怪，他們是怎麼控制那火苗的？是不是有什麼搖控器呀？

「我們要一直站在這裡讓自己凍僵嗎？還是要去討糖？」黛比問。

「我們去你們家那條街吧。」我建議黛比。

黛比正要回答，但最近的那顆南瓜頭裡嘶嘶作響的火焰令她住了口。

「我們去別的地方吧！」南瓜頭的聲音從頭裡傳了出來。他的聲音像粗啞的啪啪聲，不像是呢喃，倒像是乾咽的聲音。

「別的地方。」他的同伴附和說。她的聲音也粗啞極了，像一堆乾枯的樹葉揉在一起。

「妳說什麼？」李爾大聲問。

「我們知道一個更棒的地方！」第一顆南瓜頭啞聲說，那刻在厚實的南瓜肉上的歪嘴動都不動。那聲音是從頭裡傳出來的，橘黃色的火焰隨著吐出的字，有節奏的跳動著。

「我們知道一個更棒的地方。」

「一個令你們難忘的地方。」

黛比大聲笑出來，她翻翻白眼，「噢，哇，你們的聲音好可怕喲！」她嘲諷的說。

「嗚……我在發抖呢！我嚇死嘍！」李爾逗著說。

他和黛比笑成一團。

「得了吧，二位。」黛比對著南瓜頭說，「你們的服裝是不錯啦，但是嚇不了我們的，你們就別再裝那種聲音了，行吧？」

「就是嘛。」李爾同意說，「我們去討糖了啦，天都晚了。」

「跟我們來。」其中一個南瓜頭嘶聲說。

這句英文怎麼說

我們知道一個更棒的地方。
We know a better neighborhood.

「跟我們到新的地方吧，一個更棒的地方。」

兩人帶頭沿街走去，他們的大頭在肩上隨腳步晃動，火焰在頭顱中搖擺，如火炬般的燃放。

「他們在幹嘛？」華克在我耳邊低聲問道，「我們的計畫不是這麼走的呀，他們要帶我們去哪兒？」

我不知道。

17.

我們走了三條街，經過一排大型的石造房屋，石屋前面有著大片草坪，草坪外是高高的樹籬。接下來的一條街有一片空地，上面正在蓋房子。然後我們便停下來了。

兩顆南瓜頭很快的走著，步子跨得極大。他們的頭在肩上搖呀晃的，臉朝著正前方，並沒有回頭瞄我們。

「我們要去哪兒？」李爾跳著趕上他們問。他伸手去搭其中一個人的肩膀，「你們剛經過街上很多很棒的住家啊。」

南瓜頭毫無慢下來的跡象，「我們去試試新的地方。」他啞聲說。

「是呀。」他的同伴嘶聲回答，「一個新的地方，更棒的地方，到時你們就

這句英文怎麼說

我相信他們知道自己在做什麼。
I'm sure they know what they're doing.

明白了。」

他們領著我們穿過空地，經過一排小小的黑房子。

「我們要去哪？」華克低聲問。他指指尙恩和莎娜，「他們兩個有病啊？做這個幹嘛？我眞的有點怕了！」

「我相信他們知道自己在做什麼。」我低聲回答。

我四下環顧這條街，沒看見其他討糖的孩子。已經很晚了，大部分的小孩都回家了。

下一條車道上，有兩個高大的孩子——一隻大猩猩和一個矮胖的小丑——正在掏自己的糖果袋。他們低頭看著袋子，我們從他們身邊經過時，他們連頭都沒抬一下。

「喂……我們有很多家都沒去要糖啊！」李爾抗議道。他指著街角的一間磚造房子，「我們可以在那邊停一下嗎？那些人向來都會給很多糖的，眞的，會給好幾大把呢！」

南瓜頭不理會他，繼續往前走。

「喂……哇！停下來！」黛比說。

她和李爾兩個堵到南瓜頭面前。

「停下來！別這樣……哎呀！」

「新的地方。」其中一個說。

「我們去試試新的地方。」另一個附和道。

我背上一陣發涼，尙恩和莎娜的舉止實在太詭異了。

我把披風從一堆野草中拉開來，空氣突然變得更溼冷了。我把披風緊緊裹在身上。

我看到走在前面的李爾不停的撥弄頭上的觸角，黛比的芭蕾舞鞋也都被泥土沾溼了。

我們跟著南瓜頭越過大街，接著他們走下人行道，開始往黑成一片的林子裡走去。

華克趕到我身邊，即使他臉上化著濃妝，我還是可以看出他憂心的表情。「他們爲什麼帶我們到林子裡？」他低聲問。

這句英文怎麼說

他們為什麼帶我們到林子裡？
Why are they taking us into the woods?

我聳聳肩。「大概是準備要嚇黛比和李爾吧。」

我們在樹林間穿梭，腳下的樹枝和枯葉嘎吱亂響。

我心中閃過一個可怕的念頭，我突然想到那四個失蹤的胖子。

四個人就這樣憑空消失了，從此再也沒人見過他們。

我想起媽媽的殷殷告誡，記得她要我們留在人多及燈光明亮的地方。

我想起了媽媽今晚根本不想讓我出來討糖果。

這樣很不對，我發現。

媽媽的建議真是明智，我知道我們今晚不該到林子裡來的。

我們不該離開大街，離開那些燈火通明的住家。

我們不該像現在這樣自己跑到黑得恐怖的森林裡。

「一個新的地方。」前面的南瓜頭說。

「一過林子就到了。」另一個表示，「你們會發現，那是一個很棒的地方。」

他們頭顱裡的火苗搖搖晃晃的映在深黑、糾纏的樹林及高長的雜草上。

我的心開始亂跳，我趕上去跟著其他人走。

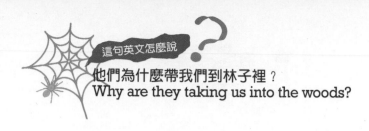

尙恩和莎娜是好朋友，我告訴自己。

我相信他們知道自己在做什麼。

可是這跟我們當初計畫的並不一樣，完全不一樣啊。

爲什麼我心中會有一種不祥的感覺？

我們得離開這片林子！
We have to get out of these woods!

18.

「尚恩！尚恩！別再鬧了！」黛比尖聲抱怨，「你看看我！看看我的芭蕾舞裙啦！」

她提起裙子的前擺，即使在昏暗的火光下，我都能看到上頭沾的泥土。

「我們得離開這片林子！」黛比憤怒的吼道。

「是啊，太暗了，而且我們浪費太多時間了。」李爾附和的說。

他的糖果袋被一根矮枝絆住了，李爾用力扯著想將袋子扯下來。

尚恩和莎娜不理會他們的抱怨，醜大的南瓜在他們肩上搖了搖，但兩人依舊是健步如飛的穿過幽黑的樹林。

幾分鐘後，我們來到一條窄路上，看到了明亮的街燈和一排排的小房子時，

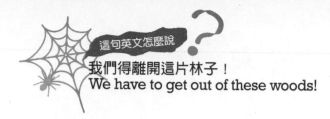

大夥兒全都開心的歡呼起來。

「現在我們可以去要糖了。」其中一個南瓜頭說。

我四下打量著這條街，看到櫛比鱗次的房子，房子都很小，座落在小片的草坪上。大部分房舍前面都點了燈，也做了萬聖節的裝飾。

房子連著好幾條街，有整整兩排燈火通明的房舍——這是我眼力所能看到的。

「這地方討起糖來一定很棒！」我說，心裡好過多了，也不再那麼害怕。

「太棒啦！」李爾同意說，「我們一定會把這裡掃光的！」

「我們在哪兒呀？」華克問，「爲什麼我之前從沒見過這個地區？」

沒人回答他。我們全都迫不及待的想開始討糖了。

我從披風上拿掉幾片溼葉，並整理好面具。在林子裡大步行走，搞得我們每個人都灰頭土臉的，我們花了幾秒鐘的時間才把服裝整理好。

接著我們六個人便跑到第一間房子去了。

一名年輕婦人單手抱著寶寶來應門，她在我們的袋子裡擺了一些小小的糖果

這句英文怎麼說

為什麼我之前從沒見過這個地區？
How come I've never seen this neighborhood before?

棒，那寶寶看著明亮的南瓜頭，微微笑著。

第二間房子是對老夫妻，他們花了好久的時間才來應門。「不給糖，就搗蛋！」我們用最大的音量吼著。老夫妻用手摀住耳朵，大概是經不得吵吧。

「對不起，我們沒有糖了。」老太太說，她在我們的袋子裡擺了些零錢，每個袋子十分錢。

我們匆匆走過小院子來到隔壁房子。兩名年約七、八歲的女孩來開門，「好酷的服裝喲！」其中一個人對尚恩和黛比說，她們給我們小袋的M&M's巧克力。

「太帥了！」我們趕往隔壁一戶人家時，李爾說。

「這邊的房子距離都好近唷，」黛比說，「我們一下子就可以討個上百戶的糖了！」

「我們以前怎麼從來沒到過這裡？」華克問。

「不給糖，就搗蛋！」我們按著隔壁的門鈴大聲喊著。

一位留著長長金髮，戴著單邊耳環的十幾歲少年來開門，他笑著低聲品評我們的服裝說：「酷。」接著便在我們的袋子裡放了幾包糖。

我們又去了隔壁，以及隔壁及隔壁的隔壁。

我們又去下一條街，跟每一戶要糖。然後又走了兩條街，這些小房子似乎綿延無盡，沒有盡頭。

我的糖果袋都快滿了，我們在街角停了下來，因爲華克的鞋帶鬆了。當他彎下來綁鞋帶時，我們全停下來喘口氣。

「快點！」南瓜頭催著華克說，眼窩裡的火苗忿忿的往外噴著。

「是啊，快點。」另一個南瓜頭嘶聲說，「沒時間浪費了！」

「別催行不行，」華克嘀咕著，「我的鞋帶打結了。」當他掙扎著弄鞋帶時，兩個南瓜頭不耐煩的東搖西晃。

華克終於站起來，拿起鼓脹的糖果袋。南瓜頭已經等不及領先往下一條街走去了。

「我有點累了。」我聽見李爾對黛比低聲說，「幾點了？」

「我的袋子都快滿了，」黛比回答道，她低吟一聲，把沉重的袋子換到另一隻手上。

這句英文怎麼說

我的袋子都快滿了。
My bag is nearly full.

「快點！」南瓜頭堅持的說，「還有很多房子要去。」

「很多、很多。」另一個說。

我們又討了兩條街，兩邊都去要了，差不多有二十戶人家。

我的袋子已經滿出來了，得用兩隻手捧著才行。

華克的鞋帶又鬆了，當他彎身繫鞋帶時，鞋帶應聲而斷。「這下子該怎麼辦？」他咕噥著。

「快！」南瓜頭堅持說。

「還有很多房子！」

「我累了。」黛比抱怨道，這回聲音很大，每個人都聽得一清二楚。

「我也是，」李爾同意說，「而且糖果袋滿重的。」

「討厭的鞋帶。」華克罵道，依然彎著身子看著鞋。

「我想已經滿晚的了。」我四處望了望說，「我沒看見任何人在要糖了，我想他們都回家了。」

我脫下披風，披風全纏在一塊兒了，而且勒得我很難受。我將披風揉成一團

塞在腋下。

「還有更多房子。」其中一顆南瓜頭低聲說。

「快，還有更多要討。」另一顆用她乾澀沙啞的聲音堅持道，黃黃的火在她頭裡跳躍。

「可是我們不想再要了！」李爾埋怨道。

「是啊，我們討完了。」黛比尖聲附和。

「你們不能不討！」一顆南瓜頭罵道。

「什麼？」李爾張大了嘴。

「繼續走！你們不能半途而廢！」南瓜頭堅稱。

他們兩個似乎飄了起來，飄在我們上方，三角眼中的火焰熊熊燃著，兩顆頭飄在披著披風的漆黑身體上方。

「你們不能半途而廢！永遠不能半途而廢！」

19.

這句英文怎麼說

我要回家了。
I'm going home.

「哈哈，眞好笑！」黛比翻著白眼說。

不過我發現李爾害怕的往後退開，他的膝蓋似乎在打顫，而且手上的糖果袋幾乎都快掉了。

「還有另一條街。」南瓜頭執意說。

「另一條街後還有另一條街。」

「喂，等一下！」黛比抗議說，「你們不能這樣對我們頤指氣使，我要回家了。」

黛比轉身要離去，可是兩個南瓜頭很快的擋住她的去路。

「讓我走！」黛比罵道。

她很快閃到右邊，可是高大的南瓜人跟著她飄了過去，他們猙獰的笑容似乎被放大，也變亮了。

他們兩個開始環繞我們，無聲的飄著，他們在我們身邊旋繞，速度越變越快，直到我們被火團團圍住爲止。

我們身邊環著一堵火牆。

「你們會聽話的！」對方嘶聲命令道。

火焰從我們身後趕著我們，逼我們往前走。

我們沒辦法，只好遵循他們的意思，我們像犯人一樣的走著——火焰的囚徒。

一名老人站在第一棟房子門口，他咧嘴對著走到他門口的我們笑道：「你們這些小孩在外面待得很晚哪。」

「是啊。」我回答。

老人在我們的袋子裡放了些糖。

「快！」南瓜頭趕著大家越過溼溼的草坪到下一戶人家。「快！」

這句英文怎麼說

你們不能現在停下來！
You can't stop now!

李爾的糖果袋重到只能拖在地上走，我用兩手抱著袋子，黛比則搖著頭，自顧自地低聲埋怨。

我們把街邊兩側的房子都討遍了，我沒看見其他孩子，也沒車子開過，有些房子已經把燈關上了。

「快走！」南瓜頭堅持說。

「還有更多房子，更多的街要去。」

「別想！」李爾大喊道。

「你們休想！」黛比重複說道，她想裝出強硬的語氣，可是我聽得出她的聲音在發抖。

南瓜頭的臉立刻又飄到我們面前，用憤怒的眼神瞪著我們。

「快點，你們不能現在停下來！不行！」

「可是天太晚了！」我抗議著。

「而且我的鞋又一直掉。」華克也插話說。

「我們不想再要糖了。」黛比尖聲告訴他們。

「現在不能停！快點！」

「還有更多的房子。這是最棒的地區了！」

「不要！」黛比和李爾一起像唸經一樣的不斷說：「不要！不要！不要！」

「我們的袋子都滿了。」我說。

「我的已經都快裂了。」華克埋怨著。

「不要！不要！」黛比和李爾念道。

兩個南瓜頭又開始繞著我們打轉，而且越轉越快，繞出了一道火牆來。

「你們絕不能停！」其中一個嘶嘶有聲的說。

「你們一定要繼續下去！」

他們往前逼近，近到我都可以感覺到燒燙的火焰了。

當他們旋繞時，還一邊像蓄勢攻擊的蛇一樣嘶嘶作聲。

那嘶聲越來越響——直到我們覺得被群蛇圍繞！

我那沉重的糖果袋從手裡掉了下來。「停啊——！」我抬頭對著他們大吼，

「停下來！你們不是尚恩和莎娜！」

火從他們眼裡噴出來，嘶聲化成了尖聲的悲號。
「你們不是尚恩和莎娜！」
我大喊，「你們到底是誰？」

這句英文怎麼說

你們一定要繼續下去！
You must keep going!

20.

南瓜人停止了旋轉，明亮的火焰從他們猙獰的嘴裡吐了出來，尖銳的號聲自高高的樹頭上落下，劃破了黑夜的沉寂。

「你們是誰？」我又問，聲音忍不住發抖。我整個身子都在打顫，突然覺得黑夜的寒意滲入了身體裡。

「你們到底是誰？你們是不是把我們的朋友怎麼了？」

沒人回答。

我轉身看著華克，火光在他臉上跳動。我看到華克的黑臉下，驚恐的表情。

我用力嚥著口水，轉身看著黛比和李爾，他們倆一臉不屑的搖著頭。

「這是妳想出來的萬聖節爛惡作劇嗎？」黛比問，她翻著白眼說：「哼，妳

這句英文怎麼說

你們是不是把我們的朋友怎麼了？
Have you done something to our friends?

眞的以爲我和李爾會相信嗎？」

「唉喲——我好怕喲！我怕死囉！」李爾嘲諷的喊道，他敲著兩膝說：「你們看啊——我抖得跟葉片一樣哩！」

他和黛比仰頭大笑。

「這些服裝眞的很不賴，火焰的效果也沒話講，不過我們知道他們就是尙恩和莎娜。」李爾說，「你們絕對唬不了我們的，杜兒。」

「絕對唬不了。」黛比跟著說，「好啦——」

她和李爾伸出手，各自抓住一顆南瓜頭——然後用力拉著。

「啊！」

他們將可怕的南瓜頭從對方肩上扯下來。

接著我們四個人全尖叫起來——因爲南瓜頭下，根本就沒有頭！

21.

我們的尖叫聲像高長的警笛聲般刺穿了夜空。

南瓜頭從黛比的手中掉落，重重的在地上彈跳，豔橘色的火焰從它眼裡和口中噴了出來。

李爾手裡仍然抓著另一顆南瓜頭，可是當南瓜頭歪七扭八的嘴開始張動時，李爾也將它扔了。

憤怒的頭顱從草地上抬眼向我們獰笑。

「啊！」我嚇得低吟，並踉踉蹌蹌的向後退開。我想逃，想使盡全速的奔跑，再也不回頭看。

可是我的眼睛就是離不開那兩顆從潮溼的草地上，向我們張嘴咧笑的頭顱。

這句英文怎麼說

南瓜頭從黛比的手中掉落。
The pumpkin head fell from Tabby's hand.

我一邊望著，心跳有若急鼓，兩腿也開始打起哆嗦來了。突然間，有人抓住了我的臂膀。

「華克！」他抓著我，手涼得跟冰一樣。他用另一隻手指著兩個無頭的身體。

他們穿著飄飛的深色服裝站在那裡，動也不動。兩肩之間的斷頭處看來十分平整。

就像南瓜頭原本只是平擺在那裡，而不是跟身體連在一塊兒的。

從來不是連在一起的。

黛比和李爾一起擠到我身邊。

黛比的頭冠不見，夾子也掉了，頭髮在臉上散成一團。

李爾的糖果袋歪倒在一邊，一落糖果傾倒在草地上，離其中一顆南瓜頭只有幾吋而已。

南瓜頭裡的火焰跳動閃爍，接著那歪斜的嘴巴開始張動起來了。

那笑容變得更深，三角形的眼睛也瞇了起來。

「嘻，嘻，嘻，嘻嘻！」

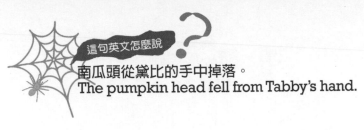

歪嘴中傳出駭人的笑聲，那是一種邪惡而冷酷的笑聲，不像笑，反而更像是在清喉嚨的咳嗽聲。

「嘻，嘻，嘻嘻嘻！」

「不！」我呻吟著，我聽見身邊的華克大口大口的驚喘。

李爾用力吞著口水，黛比用兩隻手抓著李爾的蜜蜂裝。

她往後扯著李爾，直到兩個人都站到華克和我身邊為止。

「嘻，嘻，嘻嘻！」

南瓜頭齊聲笑著，火焰在頭顱裡搖搖晃晃。

兩具身體很快的移動，伸出長長的手臂，從地上抓起他們的頭來。

我以為他們會把頭擺回肩上，可是他們沒有，只是把頭捧在胸前而已。

「嘻，嘻嘻！」

又是一陣乾啞的笑聲，南瓜嘴在深色的圓臉上扭成一團，眼睛空然的望著我們，先是黯橘色的，然後是火焰搖曳，鬼影幢幢的感覺。

我發現自己緊捏著華克的手臂，但他壓根沒注意到。

這句英文怎麼說

我發現自己緊捏著華克的手臂。
I realized I was squeezing Walker's arm.

我放開他的手，深深吸了一口氣。

「你們到底是誰？」我對著那兩個東西喊道，聲音又高又細。

「你們是誰？你們想做什麼？」

「嘻，嘻，嘻嘻嘻！」他們又是一串邪惡的長笑。

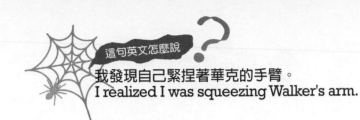

22.

「你們是誰？」我再度擠出聲音問，聲音蓋過了他們粗啞的笑聲。「尚恩和莎娜呢？我們的朋友人呢？」

火焰在兩顆頭顱裡嘶嘶作響，他們橘色的嘴笑得更歪更大了。

「杜兒……我們再試著逃一次吧。」華克低聲說，「如果我們能來個出其不意，也許……」

我們一起轉身拔腿狂奔，黛比和李爾也踉蹌著步子跟了上來。

我的腿又虛又軟，根本跑不動。我的心臟狂跳，連氣都快喘不過來了。

「跑啊！」華克上氣不接下氣的高喊，同時拉住我的手說：「杜兒……再快一點！」

這句英文怎麼說

拿起你們的袋子。
Pick up your bags.

我們沒跑多遠，那兩個南瓜人便又發著尖銳的噓聲，把我們團團圍住，用他們的火焰將我們困住了。

看來我們是逃不掉了，沒辦法逃出他們的手掌心了。

我焦急的看著飛躍的火團後的街道，並四處張望。

看不見任何人，沒有任何移動的東西，沒有車，也不見人影，連隻貓或狗都看不見。

那兩人把頭捧在胸前，向我們逼近。他們陰沉沉的站在我們上方，把發著紅光的頭顱高高舉在肩上。

「還有更多的房子、更多的房子。」南瓜頭的嘴裡吐出這幾個字，火紅色的眼睛俯視著我們。

「還有更多的房子、更多的房子。」

「你們不能停手，你們得繼續去討糖！」

「拿起你們的袋子，拿起來——快點！」其中一人吼道。她用兩手捧著頭，垂眼看著我們，一張歪嘴扭出一朵邪惡的笑容。

「我們……我們不想去討糖了！」李爾抓著黛比說。

「我們想回家！」黛比喊說。

「再去討糖，再去討糖，再去討糖！」兩顆南瓜頭繼續嘶聲念道。

他們一起推撞著我們。

我們別無選擇，只得疲累的拾起掉在草地上的糖果袋。

南瓜人跟在我們身後，不斷用低沉乾啞的聲音呢喃道：「還有更多房子、更多房子。」

他們將我們推到街上第一戶人家，推到前門，然後緊緊的盤旋在後方。

「我們得……得討多久的糖？」黛比問。

南瓜頭一起咧嘴笑道：「永遠討下去！」

這句英文怎麼說

我們並不清楚我們在哪兒。
We don't really know where we are.

23.

一名婦人來到門口把糖果擺到我們的袋子裡。「你們這些小孩待太晚啦，」她說，「你們住在這附近嗎？」

「不是，」我答道，「我們並不清楚我們在哪兒，這一帶很陌生，而且我們被兩個沒頭的南瓜人逼著四處去要糖，他們說要逼我們討一輩子的糖。救救我們……拜託妳！妳一定得幫我們！」

「哈哈！眞會掰！」婦人大笑著說，「實在太好笑了，你們的想像力眞豐富。」

我還來不及接話，她就把門關上了。

接下來到了一戶人家，我們連求救都懶得說了，我們知道不會有人相信我們的話的。

「你們的袋子好滿哪！」女人大叫，「你們一定要了好幾個小時的糖了！」

「我……我們很喜歡糖果。」華克一臉倦容的答道。

我回頭看看南瓜頭，那兩人正不耐煩的動著，要我們趕快到下一間房子去。

我們對婦人說再見，然後穿過前院。糖果袋實在是太重了，我們只好拖著袋子走過草坪。

當我們朝下一條車道走去時，黛比跑到我身邊說：「我們該怎麼辦？」她在我耳邊低語，「我們怎麼樣才能擺脫……擺脫這兩個怪物？」

我聳聳肩，不知該怎麼回答她。

「我好怕啊！」黛比坦承道，「妳覺得這兩個南瓜人眞的打算要我們討一輩子的糖嗎？他們到底要做什麼？爲什麼要這樣對我們？」

「不知道。」我重重嚥著口水說，我看得出黛比已經快哭了。

李爾垂著頭走路，後面拖著滿到不能再滿的糖果袋，他邊搖頭，邊低聲的自言自語。

我們走到下一戶人家的前門按鈴，一名穿著豔黃色睡袍的中年男子前來開

這句英文怎麼說

你們的爸媽知道你們還在外頭嗎？
Do your parents know you're still out?

門。

「不給糖，就搗蛋！」我們疲累的喊著。

他在我們的袋子裡丟了些糖，「很晚啦，」男人嘀咕說，「你們的爸媽知道你們還在外頭嗎？」

我們拖著步子走到下一家，又到了下一家。

我一直在等待機會逃跑，可是那兩個南瓜頭的視線一直盯在我們身上，他們亦步亦趨的跟著我們，藏身在暗處。

他們的眼睛泛著紅光，頭裡的火也燒得更深了。

「更多房子。」他們念道，一邊逼著我們過街到另一邊的一大排房子要糖。

「更多房子。」

「我好怕呀……」黛比抖著聲又跟我說了一遍，「李爾也是，我們怕死了，怕到想吐。」

我正想告訴她，我也是。可是當我們看到有人走在路上時，兩人都倒抽了一口氣。

那是一個穿著藍色制服的男人！

一開始我以爲他是警察，可是當他走到街燈下時，我發現他只是穿了一件藍色的工作服而已。男人頭上戴著藍色的棒球帽，手上拿著黑色的大午餐袋。

他一定是剛下班回家的，我告訴自己說。男人兀自輕聲吹著口哨，垂頭走路。我想他大概沒看到我們。

黛比出聲引起男人的注意。「救……命啊！」她大聲高喊，「先生……求求你救救我們吧！」

男人一臉驚愕的抬起頭，斜眼看著我們。

黛比開始跑過草坪朝男人奔去。其他人則拖著沉重的糖果袋跟在她後面。

「救救我們……求求你啊！」黛比尖聲哀求著，「你一定得救我們！」

我們四個人上氣不接下氣的衝到街上，圍著那個被嚇著的男人。他瞇眼看著我們，一邊搔著自己棕色的卷髮。

「怎麼啦，孩子們？你們迷路了嗎？」他問。

「有怪物！」李爾大聲說，「沒有頭的南瓜人！他們把我們困住，逼我們去

這句英文怎麼說

那男人開始大笑。
The man started to laugh.

要糖！」

那男人開始大笑。

「不……是眞的！」黛比堅稱說，「你一定得相信我們！一定得幫幫我們才行！」

「快啊！」李爾大叫。

男人又搔起了頭髮，他瞪著我們，打量我們的臉。

「快呀！求求你快點呀！」李爾哀求說。

我也望著這位一臉錯愕的男人。

他會幫我們嗎？

24.

「你一定得幫幫我們！」李爾懇求說。

「好吧，我就信你們一次吧。」男人翻翻白眼說，「你們所謂的怪物在哪兒？」

「在那裡！」我大叫。

我們全轉過身看著前院。

沒有人。南瓜頭已經不見了。

消失了。

黛比倒抽口氣，李爾則張大了嘴。

「他們跑去哪裡了？」華克低聲說。

「他們剛才明明站在這裡的呀！」黛比堅持說，「兩個人都在的，手裡還捧

這句英文怎麼說

我剛下班。
I just got off work.

著他們的頭！真的！」

男人長長嘆了口氣，「祝各位萬聖節快樂。」他疲累的說，「不過請饒了我，行嗎？我剛下班，真的很累。」

男人把黑色的午餐盒換到另一隻手上，然後我們只能呆呆看著他走到車道上，消失在房子後邊了。

「我們快逃開這裡吧！」李爾大叫。

可是我們還來不及逃，那兩顆陰魂不散的南瓜頭就又從矮籬後跳出來了，頭裡的紅色火焰嘶嘶作響，歪斜的嘴因憤怒而往下拉。

「更多房子。」他們堅持說，而且一起怒吼著：「更多房子，你們不能停止討糖！」

「可是我們累啦！」黛比抗議道，她的聲音都破了。我再次看到淚水自她眼中流下來。

「放我們走吧……求求你們！」李爾哀求道。

「更多房子，更多的人家！」

「你們永遠都不准停下來！永遠不行！」

「我辦不到！」李爾喊道，「我的袋子已經滿了。你們看！」他拿出鼓脹的糖果袋給南瓜人看。糖果都滿到袋子口了。

「我的也滿了！」華克說，「滿到頂，再也塞不進任何糖果了！」

「我們得回家了！」黛比喊道，「我們的袋子已經滿到不行了。」

「那不是問題！」其中一個南瓜頭回答。

「不是問題？」黛比呻吟，「什麼叫不是問題？」

「開始吃吧。」南瓜頭命令道。

「什麼？」我們全都嚇了一跳。

「開始吃。」對方堅持說，「開始吃呀！」

「喂……不行哪！」李爾拒絕道，「我們才不要站在這裡……」

南瓜人又飄了起來，明亮的黃色火焰從眼裡噴射而出，一股熱風自他們歪斜怒吼的嘴中吹出，弄得我臉頰灼燙無比。

我們全都知道如果不乖乖從命的話，會有什麼下場。我們會被火焚身。

這句英文怎麼說

我快要吐了！
I'm going to be sick!

李爾從袋子頂端抓了一條巧克力，顫抖著手將包裝紙拆開，然後將糖塞進嘴裡。

大夥兒全都開始吃起糖果來了，我們沒別的路可走。

我塞了一條糖到嘴裡開始食不知味的嚼著，有一大塊糖黏在我的牙齒上，不過我還是繼續塞著、嚼著。

「快點，再快點！」南瓜喝令說。

「求求你們……」黛比滿嘴塞糖的哀求著，「我們沒辦法……」

「快點！快吃！再吃呀！」

我把小袋的糖塞到嘴裡，困難的咀嚼。我看到華克在他的糖果袋裡翻找，想找到能吃得比較快的糖。

「快點！快吃！」南瓜頭憤怒的命令著，他們飄在我們上面，「快吃！吃呀！快點！」

李爾硬將第四條巧克力吞下去，他又抓起一條巧克力，開始拆起包裝。

「我……我快要吐了！」黛比說。

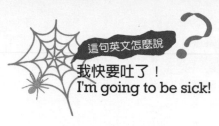

「快點！快點！」南瓜頭命令道。

「不行，眞的，我想吐！」黛比哭著說。

「再吃點！吃呀——快點！」

李爾被哽住了，一大塊粉紅色的太妃糖從他嘴裡噴出來。黛比幫他拍著背，直到他停止咳嗽爲止。

「再多吃點！快呀！」南瓜頭怒喝道。

「我……我不行了！」李爾啞聲呢喃著。

南瓜人飄到他上方，憤怒的火焰從他們眼裡迸射出。

李爾抓起一條糖，拆掉包裝紙，開始咬了起來。

我們四個人全縮在路邊呑著糖果，盡快的吃著，我們努力的硬往下呑，然後又拚命塞進更多的糖果。

我們發著抖，恐懼莫名，而且頭昏欲吐。

我們眞的不知道，最可怕的事還在後頭。

這句英文怎麼說

我再也吃不下了。
I can't eat any more.

25.

「我……再也……吃不下了。」黛比邊咳邊說。

我們已經狂吃糖果好幾分鐘了。黛比的下巴上流著巧克力汁，我還看見她的金髮上沾著巧克力。

李爾在草地上彎成一團，捧著肚子大聲呻吟。「我覺得好冷。」他喃喃說，然後打了一個又長又大聲的嗝，接著繼續呻吟。

「我這輩子再也不想看到任何糖果了。」華克對我低聲說。

我想回話，可是嘴裡都是糖。

「還有更多戶人家！」一個南瓜頭命令道。

「更多房子！討更多的糖！」

「不要……求求你們！」黛比乞求著。

李爾彎在草地上，又打了一個長長的嗝。

「都快半夜了！」黛比說，「我們必須回家了！」

「還有很多房子要去……」一個南瓜頭瞇著眼睛告訴她，「永遠有房子可以去要糖，永遠的一直去要糖！」

「可是我們很難受哪！」李爾抱著肚子呻吟著說，「這麼晚了不會有人來應門的。」

「這一帶的人就會！」南瓜頭回答。

「這一帶不是問題。」另一個南瓜同意說，「這一帶地區，可以永遠的一直討糖。」

「可是……可是……可是……」我結結巴巴的說不出話來。

我知道沒有用，這兩個狂暴的東西會逼我們繼續要糖，絕不會聽進我們的抱怨的。而且他們並不打算放我們回家。

「還有更多房子！更多、更多！永遠一直討下去！」

這句英文怎麼說

這麼晚了不會有人來應門的。
No one will answer the door this late.

黛比扶著李爾站起來，她撿起李爾的糖果袋放到他手裡，接著黛比將頭髮從自己臉上撥開，也拿起了自己的袋子。

我們四個人穿過街道，拖著糖果袋，夜晚的空氣又冷又沉，一股怪風搔動樹枝，颳下了的枯葉自我們腳邊飛掠而過。

「我們的爸媽一定很擔心，」李爾低聲說，「真的很晚了。」

「他們是應該要擔心了！」黛比顫聲說，「也許我們再也見不到他們了。」

第一戶人家的門廊燈還開著，南瓜頭逼我們走到門廊上。

「現在討糖太晚了。」李爾拒絕的說。

可是我們沒有選擇，我只好去按門鈴。

我們顫抖著身體等著。塞進了那麼多的糖果，令我們覺得既沉重，又想吐。

前門慢慢的開了。

我們全都嚇得驚呼起來。

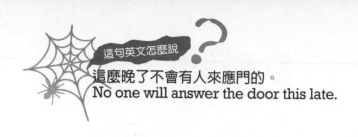

26.

「哇！」華克的喉嚨裡發出一記低吼。

李爾從門廊上跳開。

我望著黃色門廊燈下的那個東西——是個女的，一個有著南瓜頭，發著歪笑的女人。

「要糖嗎？」女人對我們歪笑說。橘色的火焰在她頭裡跳動。

「啊……啊……啊……」華克從門廊上跳下來，撞在李爾身上。

我望著帶笑的南瓜頭，告訴自己說，這眞是場惡夢！一場活生生的惡夢！

女人在我袋子裡放了些糖，我連看都沒看，因爲我的眼神離不開她的那顆南瓜頭。

這句英文怎麼說

這真是場惡夢！
This is a nightmare!

「妳是……？」我正想問。

可是女人在我問話前，便已將前門關上了。

「還有更多房子！」南瓜頭命令說，「去要更多的糖！」

我們拖著身體來到下一棟小房子，我們才踏到階梯上，門就一下子開了。

我們看到了另一個南瓜頭。

這傢伙穿著牛仔褲和栗色的運動衫，火光在他眼口中斷響燃動。他的嘴裡刻了兩顆又大又歪的牙齒——一顆在上，一顆在下——表情看起來蠢極了。

不過我和朋友們實在嚇到笑不出來。

接下來的房子，前來開門的是兩個南瓜頭；我們越過大街，發現又有一個怒容滿面的南瓜頭在下一棟房子等著我們。

我們在哪呀？我實在搞不懂。這究竟是個什麼樣的奇怪地區？

兩個南瓜頭逼促著我們來到下一條街，所有的房子裡都住著南瓜人。

街道盡頭，黛比在她的糖果袋上坐了下來，她對南瓜人說：「求求你們……讓我們停下來吧！」她哀求說，「拜託你們！」

「我們沒辦法再走了！」李爾虛弱的說，「我……我好累，而且眞的很不舒服。」

「好不好……？」華克求道，「求求你們……！」

「我沒辦法再去要糖了，我眞的沒辦法了。」黛比搖著頭說，「我好怕，那些東西……每間房子都……」她哭出聲來，再也說不下去了。

穿著橫紋裝的李爾將手交疊在胸前，「我一步都不走了。」他堅持的說，「不管你們怎麼做，我就是不走了。」

「我也是。」黛比附和道，並走到李爾身邊。

兩顆南瓜頭沒回答，只是高高的飄到空中去。

我往後退開一步，看到他們的三角眼睜得斗大，嘴巴整個咧開，明亮的橘色火焰從他們眼裡射出。接著他們的嘴咧得更大了，兩人雙雙發出尖號，那刺耳的聲音越揚越高，穿過了沉黑的夜空，如警笛聲般的竄起又跌落。

南瓜頭向後仰去，直到頭裡的火焰直直射入天空，他們的號叫聲越來越響，逼得我們只得用手摀住耳朵。

這句英文怎麼說

我看到一道火光。
I saw a flash of light.

我看到一道火光，轉身看到另一顆南瓜頭從對街朝我們飄了過來。

「啊呀！」我粗聲慘叫，看到另外兩顆南瓜頭從他們的房子裡匆匆飛奔而出。

接著又有兩個南瓜頭出來了，還有一個南瓜人，接著又有一個。

這整條街的門全都打開了。

人們一個個朝我們飄了過來，嘴中或嘶嘶有聲，或高聲號鳴。

他們的南瓜眼和嘴裡，噴出了躍動的火焰，將橘色的火苗送入了黑暗的天際之中。

他們在街上飄浮搖晃，越過深色的草坪，如警笛般發出尖響，像蛇一樣的嘶嘶作聲。

他們越逼越近，越逼越近。幾十個，上百個。

華克、黛比、李爾和我緊緊的依偎在市街中心，南瓜人則漸漸逼近。

他們環繞在我們身邊，我們就這樣被一群穿著黑長袍，露著怒容與獰笑的南瓜頭團團圍住了。

這群人緩緩環繞著我們，當他們轉動時，頭也跟著在肩上左搖右晃起來。

他們在我們身邊環旋，接著開始用粗啞破裂的聲音念道：「不給糖，就搗蛋！不給糖，就搗蛋！不給糖，就搗蛋！」

「他們想做什麼？」黛比哭道，「他們到底要做什麼？」

我沒機會回答她。四個南瓜人很快的走到圓圈中間，接著我看到他們手裡拿的東西後，便開始放聲尖叫。

這句英文怎麼說

這些是給你們的！
These are for you!

27.

「不給糖，就搗蛋！不給糖，就搗蛋！不給糖，就搗蛋！」

我的尖叫蓋過了南瓜頭的念念有詞。

當四個南瓜頭走向前時，他們的吟誦聲也停止了。四顆南瓜頭在他們肩上搖晃，他們一邊欺近，嘴也咧得更開了。他們的手放在腰際，而每個人的手上都捧著一顆南瓜頭。

四顆多出來的南瓜頭！

「慘了！」李爾看到那多出來的四顆南瓜頭時，叫出聲來。

黛比害怕的抓著李爾的手臂，「他們拿那些頭要做什麼？」

四顆多出來的南瓜頭眼睛及歪斜的嘴裡，噴著明亮的黃色火焰。

「這些是給你們的！」一個南瓜頭用像是撞裂的碎石聲說。

「啊！」我喉頭裡發出低低的呻吟。

我望著空空的頭顱，看著它們憤怒的眼神和醜陋的笑容。

「這些是給你們的！」南瓜頭又說了一遍，並向前走來，「這些將成爲你們的新頭顱！」

「不！你不可以這樣！不可以！」黛比尖叫說，「你……」

她的哭叫聲被切斷了，因爲一名南瓜人舉起南瓜擺到她頭上，南瓜的下方割開了一個洞，那人把南瓜套到黛比頭上。

李爾轉身想逃。

可是南瓜人一個箭步上來擋住他的去路——然後將南瓜奮力的套到李爾的頭上。

我驚嚇得張大了嘴。

黛比和李爾的手無助的扶著他們的南瓜頭，衝到街上，尖叫著盲目的奔逃，那叫聲在黑夜中久久不散。

接著那些人轉身看著華克和我。
並高高舉起南瓜。
「求求你……！」我哀求道，「拜託……不要呀！」

這句英文怎麼說

這些將成為你們的新頭顱！
These will be your new heads!

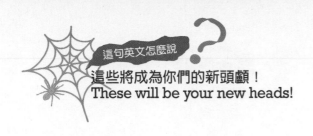

28.

「求求你……」我哭喊著說，「求求你，別把南瓜戴到我頭上！」

「求求你……」華克也說。

接著我們兩個哈哈大笑起來。

兩個南瓜人把空空的南瓜頭放到地上，接著他們自己的南瓜頭開始有了變化。火光熄了，南瓜頭開始縮小變形。

幾秒鐘後，尚恩和莎娜又回復了他們自己的頭。

我們四個人一起開懷大笑，彼此擁抱，又叫又跳，瘋狂的在街上手舞足蹈。

我們把南瓜來回扔著，對著月亮和星星高聲長笑，一直笑到肚子快破了才罷休。

「成功了，夥伴們！」等大家終於靜下來後我說，「成功了！成功了！這回

我們眞的把黛比和李爾嚇到了。」

「保證他們下半輩子都還心有餘悸！」華克說，他拍拍尙恩的背部，然後又開心的跳著，兩手在頭上開心的亂舞。

「我們做到了！我們辦到了！」我開心的說，「我們眞的嚇到他們了！終於把他們嚇著啦！」

「眞的好好玩哦！」華克說，「而且又很容易。」

我走到尙恩和莎娜面前抱著他們兩個。「當然了，」我說，「有兩個外星來的外星人朋友，眞是不錯！」

這句英文怎麼說
成功了，夥伴們！
It worked, guys!

29.

「喂！別太興奮！」尚恩沉著聲警告說，並緊張的四處張望。

「我們不想讓任何陌生人知道我們不是地球人。」莎娜說。

「我知道，我知道啦！」我回答，「所以我們以前才沒有用你們的特異功能去嚇黛比和李爾呀。」

「今年實在是想不出辦法了！」華克說。

「不過我們得非常小心才行。」莎娜說。

尚恩轉身面對所有還圍著我們的南瓜頭，「謝謝各位兄弟姊妹的幫忙！」尚恩對他們說，「大家最好趕快回家，別讓別人看到我們已侵入這整個地區了！」

眾人匆匆趕回自己的房子，彼此間或揮手，或大笑，或低聲交談幾句。不到

這句英文怎麼說

不過我們得非常小心才行。
But we've got to be very careful.

幾秒鐘時間，街上就又是空空盪盪的了——只除了我們四個好朋友外。

我們開始朝街心走去，打算回家。華克和我拖著沉重的糖果袋。

華克轉頭看著尙恩和莎娜，笑著問：「你們想，黛比和李爾什麼時候才會發現自己其實只要把南瓜頭拔掉就好了？」華克問。

「搞不好永遠都不知道！」莎娜回答。

我們四個人又笑作一堆。

我們一直走到我家車道尾端，才停下腳步。

「謝謝你們，」我告訴尙恩和莎娜說，「你們實在太棒了。」

「你們不止是棒而已，簡直是無與倫比！」華克說，「有好幾次連我都嚇到了！而且我還知道其實是你們兩個呢！」

「你知道有外星人朋友還有什麼好處嗎？」我說，「你們兩個不吃糖果。」

「沒錯。」尙恩和莎娜同意說。

「也就是說，這些糖全是華克和我的！」我笑著說。

我心中突然閃過一個嚴肅的念頭，便不再笑了。

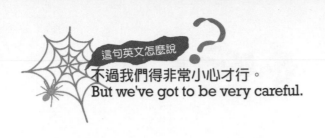

「喂，我好像從來沒看見你們兩個吃過東西耶。」我對兩個外星人說：「你們到底都吃些什麼？」

莎娜伸手掐我，「妳還很瘦啊，杜兒。」她回答，「等妳胖一點，就會知道尚恩和我都吃些什麼了。」

「是啊。」尚恩附和說，「我們星球的人只喜歡吃肥胖的成人，所以你們現在還不必擔心啦。」

我的嘴巴都快掉到地上了。

「喂——你們是在開玩笑的，對吧？」我問。

「尚恩？莎娜？你們不是說真的，對嗎？剛剛是在開玩笑的，對不對？對不對……」

- 你要去哪兒，小精靈？
Where are you going, Elf?
- 也許你會說我跟小精靈一樣的頑皮。
You might say I'm as mischievous as an elf.
- 我忘了我們在聊什麼了。
I forget what we were talking about.
- 有幾段變速？
How many speeds?
- 即使做了裝扮，她還是不難被認出來。
Even in costume, she wasn't hard to recognize.
- 她到底扮成什麼？
What's she supposed to be?
- 打電話報警啊！
Call the police!
- 我想他們一看到我們來，就逃走了！
I think they ran away when they saw us coming!
- 你要搶我們嗎？
Are you going to rob us?
- 你們全都知道伏地挺身怎麼做吧？
You all know how to do push-ups?
- 他一時失去平衡，摔到地上去了。
He lost his balance and hit the floor.
- 萬聖節快樂！
Happy Halloween!
- 萬聖節是我們最愛的節日。
Halloween is our favorite holiday.
- 越簡單，就越恐怖。
The simpler, the scarier.

我是這群人裡面最務實的。
I'm the practical one in the group.

太棒啦！
That's excellent!

我彎身打開其中一個塑膠袋。
I bent down and opened one of the plastic bags.

我花了這麼多的時間準備這場派對。
I spent so much time getting ready for the party.

電話響時，我就站在旁邊。
I was standing right next to the phone when it rang.

準備好迎接你的客人了嗎？
All ready for your guests?

她又把她的金髮盤得高高的。
She had her blond hair piled high once again.

明年我們就是青少年啦。
Next year, we'll be teenagers.

我們四個人猶豫不決。
The four of us hesitated.

你們要把我們留在這裡多久？
How long are you going to keep us here?

我覺得你今年非聽莎娜和我的話不可。
I think you have to listen to Shana and me this year.

你們四個人這麼嚴肅的在討論什麼？
What are you four plotting so seriously?

我差一點衝口說出那些話。
Those words almost burst from my mouth.

四個大胖子怎麼會憑空消失？
Why would four fat people disappear into thin air?

所有的事都就緒了。
Everything was set.

我讓他們兩人吵了幾分鐘。
I let them argue for a few minutes.

這星期過得超慢。
The week dragged by.

讓我拍張照就好。
Just let me take one photo.

你過街時最好小心一點。
You'd better be very careful crossing the street.

他們可能隨時會到。
They will be here any second.

我聽見華克的怒吼聲。
I heard Walker's angry shout.

你跟李爾在後頭站多久了？
How long were you and Lee standing back there?

看到他們離開我很高興。
I was glad to see them go.

我還在擔心尚恩和莎娜。
I was still worrying about Shane and Shana.

不給糖，就搗蛋！
Trick or treat!

難道他們不曉得，我們只想要糖嗎？
Don't they know we only want candy?

你在裡頭放了蠟燭嗎？
Do you have candles in there?

我們可不像你們兩個那麼膽小。
We're not scaredy-cats like you two.

我們知道一個更棒的地方。

We know a better neighborhood.

我相信他們知道自己在做什麼。

I'm sure they know what they're doing.

他們為什麼帶我們到林子裡？

Why are they taking us into the woods?

我們得離開這片林子！

We have to get out of these woods!

為什麼我之前從沒見過這個地區？

How come I've never seen this neighborhood before?

我的袋子都快滿了。

My bag is nearly full.

我要回家了。

I'm going home.

你們不能現在停下來！

You can't stop now!

你們一定要繼續下去！

You must keep going!

你們是不是把我們的朋友怎麼了？

Have you done something to our friends?

南瓜頭從黛比的手中掉落。

The pumpkin head fell from Tabby's hand.

我發現自己緊捏著華克的手臂。

I realized I was squeezing Walker's arm.

拿起你們的袋子。

Pick up your bags.

我們並不清楚我們在哪兒。

We don't really know where we are.

你們的爸媽知道你們還在外頭嗎？
Do your parents know you're still out?

那男人開始大笑。
The man started to laugh.

我剛下班。
I just got off work.

我快要吐了！
I'm going to be sick!

我再也吃不下了。
I can't eat any more.

這麼晚了不會有人來應門的。
No one will answer the door this late.

這真是場惡夢！
This is a nightmare!

我看到一道火光。
I saw a flash of light.

這些是給你們的！
These are for you!

這些將成為你們的新頭顱！
These will be your new heads!

成功了，夥伴們！
It worked, guys!

不過我們得非常小心才行。
But we've got to be very careful.

雞皮疙瘩系列 10

萬聖夜驚魂

原著書名── Attack of The Jack-O'-Lanterns
原出版社── Scholastic Inc.
作　　者── R.L. 史坦恩（R.L.STINE）
譯　　者── 柯清心
責任編輯── 劉枚瑛、何若文
文字編輯── 曾雅婷

國家圖書館出版品預行編目（CIP）資料

萬聖夜驚魂 / R. L. 史坦恩 (R. L. Stine) 著；柯清心 譯.
-- 2 版. -- 臺北市：商周出版：家庭傳媒城邦分公司發行，
民 104.09 160 面；14.8 x 21 公分. --（雞皮疙瘩系列 ;10）
譯自 :Attack Of The Jack-O'-Lanterns
ISBN 978-986-272-855-0（平裝）
874.59　　104013484

版　　權── 翁靜如、吳亭儀
行銷業務── 林彥伶、石一志
總 編 輯── 何宜珍
總 經 理── 彭之琬
發 行 人── 何飛鵬
法律顧問── 台英國際商務法律事務所 羅明通律師
出　　版── 商周出版
臺北市中山區民生東路二段 141 號 9 樓
電話：(02) 2500-7008 傳真：(02) 2500-7759
E-mail：bwp.service @ cite.com.tw
發　　行── 英屬蓋曼群島商家庭傳媒股份有限公司城邦分公司
臺北市中山區民生東路二段 141 號 2 樓
讀者服務專線：0800-020-299 24 小時傳真服務：(02)2517-0999
讀者服務信箱 E-mail：cs @ cite.com.tw
劃撥帳號── 19833503 戶名：英屬蓋曼群島商家庭傳媒股份有限公司城邦分公司
訂購服務── 書虫股份有限公司客服專線：(02)2500-7718；2500-7719
服務時間：週一至週五上午 09:30-12:00；下午 13:30-17:00
24 小時傳真專線：(02)2500-1990；2500-1991
劃撥帳號：19863813 戶名：書虫股份有限公司
E-mail：service@readingclub.com.tw
香港發行所── 城邦（香港）出版集團有限公司
香港 灣仔 駱克道 193 號超商業中心 1 樓
電話：(852) 2508-6231 傳真：(852) 2578-9337
馬新發行所── 城邦（馬新）出版集團
Cité(M) Sdn. Bhd. 41, Jalan Radin Anum,
Bandar Baru Sri Petaling, 57000 Kuala Lumpur, Malaysia.
電話：(603)9057-8822 傳真：(603)9057-6622
商周出版部落格── http://bwp25007008.pixnet.net/blog
政院新聞局北市業字第 913 號

美術設計── 王秀惠
印　　刷── 卡樂彩色製版有限公司
總 經 銷── 聯合發行股份有限公司 新北市 231 新店區寶橋路 235 巷 6 弄 6 號 2 樓
電話：(02)2917-8022 傳真：(02)2911-0053

■ 2003 年（民 92）09 月初版
■ 2021 年（民 110）07 月 21 日 2 版 3 刷
■ 定價 / 199 元

ISBN 978-986-272-855-0

Printed in Taiwan
城邦讀書花園
www.cite.com.tw

商周出版

廣	告	回	函
北區郵政管理登記證			
台北廣字第000791號			
郵資已付，免貼郵票			

104 台北市民生東路二段 141 號9 樓
城邦文化事業（股）有限公司
商周出版 收

請沿虛線對摺，謝謝！

Goosebumps
雞皮疙瘩

商周出版

書號：BG7050	書名：**萬聖夜驚魂**	編碼：

商周出版

讀者回函卡

謝謝您購買我們出版的書籍！請費心填寫此回函卡，我們將不定期寄上城邦集團最新的出版訊息。

姓名：________________ 性別：□男 □女

生日：西元 ______ 年 ______ 月 ______ 日

聯絡地址：________________

聯絡電話：________________ 傳真：________________

E-mail：________________

學歷：□1.小學 □2.國中 □3.高中 □4.大專 □5.研究所以上

職業：□1.學生 □2.軍公教 □3.服務 □4.金融 □5.製造 □6.資訊
□7.傳播 □8.自由業 □9.農漁牧 □10.家管 □11.退休 □12.其他
____

您從何種方式得知本書消息？
□1.書店 □2.網路 □3.報紙 □4.雜誌 □5.廣播 □6.電視 □7.親友推薦
□8.其他 ________________

您在哪裡購買本書？
□1.金石堂（含金石堂網路書店） □2.誠品 □3.博客來 □4.何嘉仁
□5.其他 ________________

您喜歡閱讀的小說題材是？
□1.浪漫 □2.推理 □3.恐怖 □4.歷史 □5.科幻/奇幻 □6.冒險
□7.校園 □ 8.其他 ________________

您最喜歡的小說作家？
華人：________________ 國外：________________

最近看過最好看的小說是哪一本？
____

Goosebumps®

Goosebumps®